雨を告げる漂流団地

ノベライズ／岩佐まもる
原作／石田祐康　コロリド・ツインエンジンパートナーズ

目次

六十年くらい前。
この団地、鴨《かも》の宮《みや》団地はできた。
オバケ団地って言われたりするけど。
これでも家《うち》だ。
俺と夏芽《なつめ》の、大切な我が家だった——。

interlude 1　団地にて

笑顔を見るのはうれしい。

泣き顔を見るのは悲しい。

そんな当たり前のことに気づいたのは、いつの日のことだっただろう。

※

屋上から見える景色は、すっかり寂しくなっていた。

手入れする人間がおらず、枝も葉も伸び放題になってしまった木々。その木々の合間に、くすんだ色をした箱形の建物が並んでいる。

鴨の宮団地。

長い間、そう呼ばれてきた団地だ。人っこ一人いない各部屋のベランダは、手すりの塗装が剝《は》がれ落ち、サビの浮いていない箇所を探す方が難しくなっている。

「…………」

そんな団地の一角、「112」と番号が振られた棟の屋上に立ち、少年は辺りの風景を見渡していた。

まぶたを閉じれば、この団地がまだ賑《にぎ》やかだったころの記憶はすぐによみがえる。さんさんと降り注ぐ日の光の下、あちこちのベランダで干されていた布団や洗濯物。日暮れ時まで聞こえていた子どもたちの歓声。カラフルな自家用車が何台も並んだ駐車場。

けれど、目を開ければ、そんな景色もあっという間に消えてしまう。もちろん、それはどうしようもないことなのだ。何かしらの価値でもない限り、人の住む建物は何百年も保存されたりしない。ずっと聞こえていた子どもたちの歓声が、解体作業を行う重機の無味乾燥な駆動音に変わってしまう——それはつまり、この団地が団地としての役割を終えたということ。

屋上の少年は相変わらず、寂れた団地の風景を瞳《ひとみ》に映している。

「のっぽくん、いる?」

背後から自分を呼ぶ声がするまで、少年は静かな表情を浮かべたまま、ずっとそうしていた。

1　オバケ団地

素直が一番。
そんな胡散臭《うさんくさ》いCMみたいなことを言われると、やっぱりうんざりする。
うるさい、だからって簡単にできるかよ、と思ってしまう。
で、そう思ったあとに、「俺って、ひねくれてんのかな……」とも思ってしまうのだ。
言葉は不思議だ。
どうでもいいことなら、すぐに口をついて出てくる。
けれど、一度言いそびれてしまった大事なことは、中々言えない。
だから、俺はあいつにまだ言えてない。
あの時はごめん、って。

※

「小学生最後の夏休みだからね。宿題は早く終わらせて、いっぱい遊びなさい」

教壇の上で、担任の先生がそんな話をしていた。

市立・鴨の宮小学校、六年一組の教室。

今日は終業式で、明日《あした》から夏休みだ。

そのせいか、クラス全体の空気がふわふわと浮ついた感じだった。先生はさっきまで夏休みの注意事項も口にしていたけど、クラスのやつらの何人がまともに聞いてたことやら。よく見れば、もう尻《しり》が椅子から半分浮いてるクラスメイトもいる。俺の席は真ん中の列の一番後ろだから、そういうのもちゃんと見える。

ただ、そんな浮かれた教室の中で、俺こと熊谷航祐《くまがやこうすけ》は、周りで盛り上がっている「夏休みへの期待」なんてものをいまいち感じられずにいた。

大体、去年までの夏休みって、何してたっけ？

確か、学校のサッカークラブの練習がある日は、あいつや太志《たいし》たちと一緒にグラウンドを走り回って。

そうじゃない日はじいちゃん家《ち》であいつと遊んで。夏祭りはじいちゃんとあいつと俺の三人で行って――。

ああ。

そっか。そういうことか。

先生の話を聞き流しながら、俺は窓際の席に目を向けた。

そこに、あいつがいた。

「…………」

兎内《となな》夏芽。

髪を結構短くしてるし、普段はスカートとかあんまりはかないから、去年くらいまでは、外を歩いていると、たまに男子に間違われることがあった。でも、れっきとした女だ。で、小さいころからよく一緒に遊んでいた俺の幼なじみだ。同じサッカークラブにも入ってる。ただ、最近は一緒に遊ぶどころか、一緒に帰った記憶もない。ついでに言うと、あいつ、近ごろはクラブの練習にも来ない。

夏芽の顔は教壇じゃなく、窓の方を向いてるみたいだった。

あの窓からは古い団地が見える。

少し前まで、俺や夏芽が住んでいた団地。

今は建て替えが決まって、ゴーストタウンみたいになってるけど。

「じゃ、みんな、楽しんでね」

「きりーつ。気をつけ」

夏芽の様子に気を取られていた俺は、先生の締めの言葉と、日直の「きりーつ」に合わせるタイミングが遅れた。

あわてて椅子から立ち上がる。

「さようなら」

「さようならー」

それで一学期最後のHRは終わり。

別に待ち望んでいたわけでもない夏休みが始まった。


「うわ、ランドセルおもてー」

「なんで夏休み前って、持ち物全部、持って帰らないといけないんだろ?」

「教室でカイギ? とかやるからじゃねーの? PTAとかの」

「邪魔なら大人が自分で片付けろよなー」

がやがやと騒がしい教室で、俺は自分の椅子に座ったまま、ランドセルに荷物を詰めこんでいた。

そうしながら、ふと、また夏芽の方に目をやった。

夏芽はもう荷物をまとめて、席を立つところだった。その手には大事そうに、図工の授業で作った紙の模型が抱えられている。あれは確か、俺たちが住んでいた団地をモデルにした模型のはずだ。あんなの、もっと早めに持って帰っときゃよかったのに。今日は一学期最後の日で、荷物が増えるって分かってたんだし。

「夏芽ちゃん、大丈夫？」

「大丈夫大丈夫。じゃあね、ばいばーい」

声をかけてきた他の女子にそんな挨拶《あいさつ》を返しながら、夏芽は教室の後ろのドアへ向かう。俺の背後を通りすぎていく足音。席に座ったまま俺は振り返って、離れていく夏芽の背中に目をやった。

でも、何も言わず、すぐに目をそらす。

と、その時だ。

「熊谷ぁ……えっ、きゃ！」

「わっ」

不意にそんな声が聞こえるのと同時に、人同士がぶつかるような音がした。

俺がもう一度振り返ってみると、ドアの前に立った夏芽の前で、一人の女子が尻もちをついていた。長い髪をポニーテールにした女子だ。教室を出ようとした夏芽と出合いがしらに衝突して転んだらしい。あの女子のことなら俺も知ってる。羽馬令依菜《はばれいな》。

別のクラスだけど、なぜか最近よく俺にからんでくる変なやつ。

「いったあ〜」

「あ、令依菜、ごめん。大丈夫？」

夏芽が尻もちをついた令依菜のことを抱え起こそうとしていた。いや、夏芽だけじゃない。

「令依菜ちゃん、大丈夫？」

令依菜の後ろから、眼鏡をかけた女子も手を貸している。あっちも知ってる。名前は安藤珠理《あんどうじゅり》。令依菜と同じクラスで、いつも一緒に行動してるやつだ。

「もう、なに？」

ぶつくさ愚痴りながら、それでも令依菜が二人の手を借りて立ち上がった。その足元に、さっきまで夏芽が持っていた団地の模型が転がっていた。あーあ、模型、ちょっと潰《つぶ》れてら。多分、二人がぶつかった時、体の間に挟まったんだろうな。

「夏芽ちゃん、それ！」

と、心配そうに模型を指差したのは珠理だった。

「図工で作ったのだよね？」

俺はその声を聞きながら、改めて夏芽から目をそらして、前に向き直った。ただ、耳だけはあいかわらず夏芽たちの会話を聞いている。

「なに？　このゴミ」

「令依菜ちゃん！」

無神経な令依菜の言葉を珠理がたしなめたけれど、夏芽の方は軽く笑った。

「このくらい、大丈夫大丈夫」

令依菜が「ふん」と小さく鼻を鳴らしたみたいだった。

「あんたじゃなくて、熊谷に用があんだけど」

そう言ってから、令依菜が今度は少し大きな声で俺に呼びかけてきた。

「熊谷ぁ。私、あさってからフロリダ行くんだけど。席が一つ余っててさあ」

「はあ？」

ここまでずっと黙っていた俺も、これにはさすがに口を開いた。

令依菜の家は結構金持ちらしくて、夏休みや冬休みのたびに、海外へ遊びに行くみたいな話をしてる。けど、もちろん、それと俺は何の関係もない。令依菜の好きにすればいいだけの話。

なのに、なぜか令依菜は俺に声をかけたあと、夏芽にも含み笑いまじりの声で、

「熊谷、借りてもいいでしょ？」

「私に聞かなくても」

夏芽がそんな言葉を令依菜に返した。俺はそっちを見てないから、もちろん夏芽の

顔の表情とかは分からない。ただ、何を言ってるかは、はっきり聞こえた。次に続いた、ささやき声の言葉もだ。

「あんなお子様、ご自由に」

む。

反射的に俺は眉《まゆ》をぴくりと動かした。

「フロリダのランドね」

令依菜がまた俺に向かって何か言ってる。けど、そんなのどうでもいい。

お子様だと？

俺より、たった三センチ背が高いだけのくせに。

「良かったらさー。一緒に――」

「夏芽、いたあ！」

そこで、令依菜の言葉をさえぎるようにして、またまた別の声がした。

これは太志だ。小祝《こいわい》太志。こっちも令依菜や珠理と同じで俺とは別のクラス。だけど、俺や夏芽が入ってるサッカークラブに一緒に入っている。背は小さいけど、すばしっこくて勘がいいから、試合になると結構頼りになるやつだ。

「夏芽、明日《あした》オバケ団地に行くぞ！」

「え？」

突然現れた太志の言葉を聞いて、夏芽は驚いた様子だった。

「なんで？」

「夏休みの自由研究っ。詳細は、え～っと、シークレット！」

答えてから、太志は俺にも声をかけてきた。

「おーい。航祐も行くよなあっ？」

「ちょっと！」

途端に令依菜がかみついた。

「私が熊谷としゃべってるんですけど！」

「おっ？　なんだ？　俺ら鴨小サッカー部は、一心不乱なんだぞ」

「はあっ？」

「はあ……」

思わず、俺は令依菜と同じ言葉を口にしてしまった。ただし、令依菜の「はあっ？」が「意味分かんないんだけど」って言い方なのに対して、俺の「はあ……」は八割方ため息だ。

太志は試合だと頼りになるんだけど、国語の成績はそんなに良くない。

「一心同体？」

この声は譲《ゆずる》か。

橘《たちばな》譲。体がデカくて、サッカークラブじゃゴールキーパーをやってる。あと、太志のフォローもうまい。

令依菜と太志がまだギャンギャンやりあっていた。

「黙んなさいよ、チビ！」

「お前だってチビガキじゃん！」

「はあ!?　あんたにだけは言われたくな――」

けれど、そこに、

「あの団地はっ」

不意に少し大きな声が二人の間に割って入った。

夏芽だった。

「行っちゃダメだよ……。もう壊してて危ないからさ」

「え～、でもさあ」

「そうだぞ、太志」

不満そうな太志に向かって、譲が諭すような口調で言う。

「ほらね」

そして、令依菜の得意げな声。

「じゃあ、熊谷はこっちに……」

この辺りが俺の我慢の限界だった。

というか、はっきり言ってしまえば、ちょっとキレた。

こいつら、人の都合なんかまったく聞かずに、勝手なことばっか言いやがって。

「もう、お前ら、うるっさいなあっ！」

それまでの誰よりも大声をあげて、俺は自分の椅子から立ち上がった。

「どっちも行かねえよぉ！」

叫んでから、荷物でいっぱいのランドセルを背負って俺は走り出す。夏芽たちが固まっている後ろのドアからじゃなく、前のドアから教室を飛び出していく。

「待てえっ、航祐」

「あっ、熊谷ぁ」

太志や令依菜が呼びとめるけど、もちろん俺は聞かない。このまま一気に下駄箱まで走って――と思ったら、廊下の曲がり角で隣のクラスの先生とばったり出くわした。

「こらっ、廊下は走らない！」

「は～い……」

ちぇ。

なんか、しまらねー。

別にケンカしてるわけじゃない。

そんなつもりもない。

ただ、昔みたいに――じいちゃんがまだ元気だったころみたいに、夏芽と自然に話せない。

それだけだ。

※

夏芽の家は色々複雑で、あいつはちょっと前まで、自分の親と一緒に暮らしていなかった。

確か、小学一年生の時だったかな。

あいつのお父さんとお母さんが、「リコン」することになった。

大人たちの面倒くさそうな話し合いのことは、俺はよく知らない。

ただ、夏芽の家から両親が出ていって、そして、夏芽はそのどっちにもついて行かなかった。……ついて行きたくなかった、ってのが、夏芽の本音なのかもしれない。

あいつは俺にはそういう話をしないから、よく分からないけど。

とにかく、夏芽は一人になり、そんな夏芽を引き取ったのが俺のじいちゃんだった。

——鴨の宮団地。

俺の家と、じいちゃん家《ち》があった団地。

夏芽が団地のじいちゃん家に来てから、俺たちはよく一緒に遊ぶようになった。

元々、俺はじいちゃん家に遊びに行くのが好きだったし、そこに行けば、夏芽にも必ず会えたからだ。

ただ、それも鴨の宮団地の建て替えが決まるまでの話だった。

団地はもうない。

いや、建物はまだ残ってるんだけど、人は住んでいなくて、解体も始まっている。

古い団地からの立ち退きが始まると、俺の家は新しい団地に引っ越した。

夏芽もまた、二ヶ月くらい前にじいちゃん家を出て、それまで離れ離れだった自分のお母さんと一緒に暮らし始めた。

そして、じいちゃんは先月、病気で亡くなった——。

※

いつもの通学路は、体が溶けそうな暑さだった。

えーっと、何て言ったっけ？

この間、先生が授業で話してたやつ。

そうそう。

地球温暖化だ。

先生は、人間が体で感じられるようなもんじゃない、ただ、それでも少しずつ進んでいる地球全体の変化だ、みたいな話をしてたけど。

こういう暑さに直《じか》に触れると、「いや、なんか去年より暑いし、体でも感じられるんじゃねえの？」とか思ってしまう。

ま、錯覚だろうけど。

「夏芽がまたクラブに来てくれたらねー」

通学路を俺と一緒に帰りながら、そんなことを口にしたのは譲だった。

「来週、中小《なか》と練習試合だぜ」

そう言ったのは、俺を挟んで譲の反対側を歩いていた太志。こっちは歩きながら、ボールネットに入れたサッカーボールを、リフティングっぽくポンポン蹴《け》っている。

「お前ら、ツートップでブラザーだろ？」

「ブラザーじゃねえだろ」

俺はぶすっと言い返した。

夏芽はああ見えて、俺たちのサッカークラブじゃレギュラーを張っている。ポジションは俺と同じフォワードだ。

歩道を歩く俺たちの横には、工事区画を仕切る三角コーンが置かれていて、その先には古ぼけた団地があった。

俺はふと足を止めて、そっちに目をやった。

建ち並ぶ団地の建物の奥には、これまたオンボロの給水塔が見える。青空の下、カンコンと遠くから聞こえてくるのは、解体工事の音だろうか。団地の棟にしても給水塔にしても、どこか建物全体が色あせていて、そこだけモノトーンの世界になってしまったみたいな印象があった。近くには古い団地の代わりに建てられた新しい団地があるから、ぴかぴかのそっちに比べて、真夏の太陽の光さえ届いていないように見えるのだ。

並んだ建物の中には、112と壁に番号がペイントされた棟がある。

俺の家やじいちゃん家があった棟だ。

まだ取り壊されていないその建物を、俺が無言でじっと見ていると、同じ方向に顔を向けた太志が「お」と声をあげた。

「オバケ団地！　あそこ、出るんだぜ。みんな、言ってるもんな」

オバケ団地じゃなくて、鴨の宮団地だ――とは俺は言わなかった。

実際、この辺りじゃもう、オバケ団地で通ってるし。

「やっぱ明日《あした》、もごっ……」

「太志ぃ」

いつの間にか太志の背後に廻《まわ》りこんでいた譲が、後ろから両手で太志の頬を挟みこんで、その口を黙らせた。

「航祐と夏芽ん家だったんだからなあ」

そう注意してから、譲がさらに何か言いかけたけど、今度は俺が口を挟んだ。

「おい、お前ら」

言いながら、道の先に見える七階建ての新しい団地を指差す。

いまはそっちが俺の家だ。

「新しい家で、スマ●ラ、やりたくないか？」

たずねてから、答えを聞かず、俺は太志と譲を置き去りにしてダッと歩道を走りだした。

「そんじゃ、ビリのやつは、しょぼコントローラーなあっ！」

「んあっ……やだあ！　プロコンがいい！　しょぼいのやだあ！」

「待ってくれえ」

追いかけてくる太志と譲の声を聞きながら、俺はもう一度だけ、古い団地の方を振り返った。

灰色めいたオンボロの建物は、やっぱりオンボロのままだった。

その日、俺の家の晩ご飯はどういうわけか、すき焼きだった。

いや、真夏にすき焼きってどうなんだよ、っていう意見は多分正しい。けど、俺は文句を言わなかった。理由？　肉、好きだから。椎茸《しいたけ》は嫌いだけど。それに、どうせ食べるのはエアコンの効いたリビングなんだから、外の暑さはどうでもいいし。

「ほれ」

と、そのリビングでグツグツ煮立つ鍋《なべ》から、母さんが肉や椎茸を小皿に取り分け、俺に差し出してきた。

「うへえ」

俺が顔をしかめると、母さんは小皿をお盆の上に置いて、リビングの襖《ふすま》に目をやった。

「おじいちゃんの大好きなすき焼き」

ご仏前にお供えしろ、って言いたいらしい。お盆の上にはすき焼きの小皿だけじゃなく、白いご飯をよそった茶碗《ちゃわん》も添えられている。

「めんどくせー」

ぶつくさ言いつつも、俺はお盆を受け取り、襖を開けた。

襖の向こうの部屋には、小さな仏壇がある。

そこに、じいちゃんの写真が飾られていた。眼鏡をかけて朗らかに笑った顔。ちょっと前まで生きて、笑って、俺の頭を撫《な》でてくれたじいちゃんが、そんな写真の中にいるのを見ると、やっぱり複雑な気持ちになってしまう。それにしてもお葬式の時から思ってたけど、こういう写真の顔って、どうして自分の記憶の中にあるじいちゃんと少し違って見えるんだろ？

俺は母さんに言われた通り、じいちゃんのご仏前に晩ご飯をお供えすると、リビングに戻った。

時季外れなのは間違いないんだろうけれど、それでも真夏のすき焼きはうまかった。栄養バランスにうるさい母さんが、椎茸を俺の皿に勝手に入れるのだけは、勘弁してほしかったけど。

「ねえねえ、なっちゃんって最近どうしてる？」

あと、こういう質問もうっとうしい。ちなみに、母さんの言う「なっちゃん」は夏芽のことだ。

「知らねえ」

「はあ？　あんたら、あんなに一緒だったのに」

そっけない俺の返答を聞いて、鍋をつついていた母さんが疑わしげな眼差《まなざ》しをこっちに向けてきた。俺は無視して、生卵にひたした肉をぱくつく。

すると、箸《はし》を手にした母さんは小さく肩をすくめ、

「里子《さとこ》も里子だよ。帰ってきたと思ったら、相談もろくにしないで連れてっちゃうんだから」

里子っていうのは、夏芽のお母さんの名前。一時期、この町を離れていたんだけど、今は戻ってきていて、夏芽と一緒に暮らしてる。母さんとは昔からの友達らしくて、夏芽がしばらくじいちゃん家《ち》で暮らすことになったのも、そういう縁があったからっていうのが結構大きい。

俺はやっぱり肉をほおばりながら、

「……いらね」

と、自分の皿に入っていた椎茸とシラタキを箸で分けた。もちろん、シラタキだけ箸でつまんで口に運び、椎茸のことは放っておく。

「なっちゃんがいなくなると、こう、華がないね」

母さんのちょっとだけ愚痴っぽい話はまだ続いていた。

「あんたは無愛想だからね」

「ほひほーはまー」

これ以上付き合ってると、もっと面倒な話を聞かされそうだったので、俺はすき焼きをほおばったまま両手を合わせた。さっさとテーブルを離れて、リビングをあとにする。

「あら、もう食べたの？……って、あんた、また残して！　椎茸！」

閉じるドアの向こうから、母さんの小言が追いかけてきた。

自分の部屋に戻ると、俺はスマートフォンを手に取り、ベッドに寝っ転がった。

このスマートフォン、ちゃんと使えるんだけど、液晶の一部にひびが入っている。この間、手を滑らせて、自分の部屋のベランダから下の地面に落っことしてしまったせいだ。実を言うと、これも少し夏芽と関係があったりする。

というのも、あの時スマホで夏芽に連絡を取ろうかどうか悩んでいて、そこに後ろから突然母さんに声をかけられて、死ぬほど驚いたあげく、手が滑って——まあ、こんなのはさすがに逆恨みだから、夏芽のせいだなんて口が裂けても言わないけど。それに不幸中の幸いというか、ひびが入っただけで、触れば画面はちゃんと反応してくれたし。

ベッドで仰向《あおむ》けになり、俺はそのスマホに触れて、待機画面を表示させた。

画面の写真はサッカークラブで撮ったものだった。

試合に勝った時の記念写真だから、みんな笑ってる。もちろん俺も、そして、一緒に写っている夏芽も。

俺は少しの間、その画面を眺めてから、SNSを開いた。

そこにはいくつかのメッセージが並んでいた。

『あした、ぜってーオバケ団地いくぞ！』

これは太志だ。

『やっぱり？　もしかして、自由研究って……？』

こっちは譲。

『さあ、なんでしょう？　行ってからのお楽しみ！』

さらに太志の返信。どっちも絵文字を使いまくっている。

俺は小さくため息をついてから、返信の文字を打ち込んだ。

『行かねーよ』

と。

明日《あした》か。

けど、去年と違って、することないんだよな、実際。

せっかくの夏休みだってのに――。

2　雨のち……晴れ？

朝からセミの声がうるさい。

頭の上には昨日と変わらない夏空が広がっていた。ぎらぎらと照りつけてくる真夏の太陽。キャップをかぶってきた方が良かったかな、とも思う。

「おっせーな、あいつら……」

目の前を流れる小川に小石を放りこんで、俺はつぶやいた。

川のすぐそばには鴨の宮団地があった。団地の敷地はフェンスで囲われている。工事業者が設置したものなんだろう。悪戯《いたずら》目的で入りこむ人間をシャットアウトするために。

ただ、俺の目から見ると、あんまり意味のないフェンスでもあった。というのも、敷地は全部フェンスで囲われているわけじゃないからだ。元々、団地に入る道があった場所なんかは、フェンスじゃなく、横に開く柵《さく》で敷地が区切られている。柵自体はきちんと閉じられているけれど、柵の下には結構大きな隙間がある。入ろうと思えば、地面に這《は》いつくばって、あの下をくぐればいい。俺たちも今日そうするつもりだし。

……えっと。

うん。まあ、その、なんだ。

することがなくてヒマだった。

そんだけだ。俺が乗る気のなかった太志の誘いに乗ったのは。

にしても、その俺がこうして、時間通り待ち合わせ場所に来てるってのに、あいつらときたら――。

「こーすけーっ」

と、そこで、聞き慣れた声が俺のことを呼んだ。

やっと来たか。

川を見ていた俺は、声のした方向を振り返った。そして、「あ？」と首をひねった。

川沿いの道の向こうから、太志と譲がこっちに近づいてきていた。いや、譲は別にいい。いつも通りのTシャツにハーフパンツ姿。問題なのは太志だ。服は普段と変わらないけど、その背中にはでっかいリュックを担いでいる。そして、手にはこれまたでかい虫取り網。頭にはヘッドライトを巻いていて、首からはゴーグルも下げている。

「何すんだ？」

団地の敷地内に入れそうな柵の前まで移動すると、俺は太志にたずねた。

すると、リュックを背負った太志は腰をかがめながら、きっぱりと答えた。

「オバケ捕獲作戦な！」

「はあっ？」

「捕まえて観察するんだって」

これは譲の説明。いや、それを説明と呼んでいいのかは、俺も自信ないけど。

太志が地面に両手をついて、ゴソゴソと柵の下をくぐり始めた。

「自由研究ね！」

「まあ、航祐も付き合ってあげてよ」

言いながら、譲も太志に続く。

「なんじゃそりゃ」

あきれつつ、俺も二人にならった。

先に柵をくぐり終えた太志は、もう団地の敷地内で立ち上がっていた。その先には古ぼけた建物がいくつも並んでいる。

太志はそれらを指差し、

「いくぜ！　おめえら」

「おう！」

「うへえ……」

やっぱ、来るんじゃなかったかな……。

もっぺん言う。

やっぱ、来るんじゃなかった。

物陰に一人、身をひそめながら、俺はため息まじりに自分の手の中にある物を見た。

それは太志から渡されたトランシーバーだった。といっても、本格的な代物じゃない。せいぜいクレーンゲームの景品レベルのトランシーバー。

「これ使えったって……。スマホでいいじゃん」

絶対、そっちの方が性能は上だと思う。大体、こんな真っ昼間からオバケなんか出んのか？　団地にいるのは、あっちでタバコをぷかぷか吸ってる、作業員の兄ちゃんくらいのもので――。

『そっちはどうっ？』

「!?」

突然、手の中のトランシーバーが太志の大声でしゃべりだし、俺はその場で軽く跳び上がった。ただ、驚いたのは俺だけじゃない。

「誰っ？」

やばっ。

タバコを吸っていた作業員の兄ちゃんがこっちに来る。俺はあわててトランシーバーの電源を切り、近くにあった棟のベランダの下に潜りこんだ。

足音がさらに近づいてくる。

「おいおい、やめろよな……やめてくれよ」

そんな声も聞こえた。作業員の兄ちゃんの声なんだろうけど、びくびくしている。ひょっとして、この人も太志と同じで、この団地にオバケが出るって信じてんのか？そんなんで、よく作業できるな。

「……っ」

息をひそめて隠れている俺の耳に、また作業員の声が聞こえた。今度は声が小さくて、何を言っているのか、はっきり聞き取れない。ただ、こっちに近づいてきたその作業員は結局、何も見つけられなかったらしい。

ぶつくさ何かつぶやきながら、足音が遠ざかっていった。

俺はホッと息をついて、ベランダの下から抜け出すと、足早にそこを離れた。


その後はすぐに太志たちと合流した。

というか、実際に敷地内に入ってみて分かったけど、解体工事中っていっても、ずっと作業してるわけじゃないのな、ここ。

今は機械が動いている音もしないし、警備員とかもいない。作業員に見つかりそうになったのだって、さっきの一度っきりで、太志たちと合流してからはろくに人影すら見なかった。これなら、わざわざあんな柵の下から潜りこんだりせず、もっと簡単に敷地内に入る方法もあったのかもしれない。

何にしても、誰かに見つかって、つまみ出される可能性は低そうだと分かった時点で、俺たちの行動も大胆になった。

堂々と敷地内の道を歩き、並んでいる団地の棟を一つ一つ見ていく。

ただ、作業員に見つかるようなことはなかったけれど、団地の棟の中に入るのは難しかった。それというのも、棟は入り口部分の木製のドアが閉じられ、ドアには鍵《かぎ》がかかっていたからだ。俺が住んでいたころは、あのドアはいつも開きっぱなしだった。

ということは、あれも表のフェンスと一緒で、工事業者が悪戯目的の侵入を防ぐために施錠したんだろう。もちろん、一階の窓ガラスでも割れば、中に入ることはできるのだけど、さすがにそれは目立ちすぎる。

「だめ、ここも塞《ふさ》いである」

「え～っ」

ドアを開けようとしていた譲が振り返って言うと、太志が頭を抱えた。

この棟は113号棟だ。そして、この手前にあったのが114号棟。

となると、この先にある建物は順番的に、

「元航祐んち……まで来ちゃったね」

113号棟の隣、その棟の前に来ると、譲が俺にそう言った。

俺は譲じゃなく棟を見上げた。

112号棟。

ここの504号室に、今の家に引っ越す前の俺の家があって、その真下の404号室がじいちゃん家《ち》だった。建物にしても、周囲の景色にしても、見憶《みおぼ》えはもちろんある。ただ、ここまで見てきた他の棟もそうだったけれど、建物自体はひどく傷んでいるようにも見えた。俺が住んでいたころは、壁にあんな細かいひびなんか入ってなかった気がする。人が住まなくなった建物って、こんな風にあっという間に荒れ果ててしまうものなんだろうか。

「こっちこっち！　こいつに賭《か》ける！」

太志のやつがこの112号棟の入り口にもある木製のドアに手をかけていた。

「うらあっ」

「なあ、もう出ようぜ」

さすがにうんざりしてきた俺は後ろから太志のことを止めた。

「無理だって」

でも、そう口にした時、

「あっ」

太志が驚いたような声をあげた。と同時に、あっさりと開くドア。

「開いてる！　すげえっ、ここ、ぜってぇいる！」

興奮した太志がそのままドアの向こうへ走りこんだ。

「ゴーストバスターズ！」

いや、その叫びはさすがに違うだろ。

「もしかして退治する気？」

太志の後に続いた譲が笑って言う。

開いたドアの向こうにあるのは、一階の１０３号室と１０４号室。そして、その二つの部屋のドアに挟まれる形で、上に続いている階段。

太志はもう階段を駆け上がっていた。がちゃがちゃと音が反響してるところを見ると、目についた部屋に入ろうと、ドアノブを片っ端から回しているんだろう。

「開かないぞぉっ」

「そりゃ閉まってるって」

俺は譲の後ろからゆっくり階段を上がっていきながら、太志の声に応《こた》えた。わざわざ入り口のドアを閉じて、団地を閉鎖していた工事業者だ。きっと部屋のドアだって、鍵くらいかけてるだろう。

けど、俺がそんなことを考えていたら、また太志の声が聞こえた。

「開いたっ」

「えっ？」

これには俺も素直に驚いて、階段を上る足が駆け足になった。

軽く息を切らせて、その階に到達してみると、確かにそこの部屋のドアは開いていた。そして、開いたドアの向こうを見て、俺は少しハッとした。

「おお、すげえ」

太志はもう部屋の中に入っていた。それも靴を履いたままだ。

「おい太志ぃ、靴脱げよなあ」

譲の方は玄関で立ち止まっていた。太志に声をかけたあとで、困ったように俺の方を振り返る。

「あ、航祐、太志がね、土足で上がっちゃってるんだよー」

俺は部屋のドアの横にかけられたままの表札に目を向けた。

――404号室。熊谷安次《やすじ》、豊子《とよこ》。

表札にはそう書かれている。

安次は俺のじいちゃんの名前。そして、豊子はじいちゃんよりも早く亡くなったばあちゃんの名だ。

俺はその文字をじっと見てから、改めて譲に向き直った。

「別に。もう住まないし、いいよ」

そう言って譲の横を通りすぎる。

先に上がりこんだ太志と同じように、俺は靴を脱がないまま、玄関から中に入った。自分で言っておきながら、靴で廊下の床を踏んだ瞬間、なぜか悪いことをしているような気分になった。じいちゃんもばあちゃんも、もうここに住んでないのに。夏芽も。

……ここはもう「家」じゃないのに。

俺が部屋に上がったのを見ると、ためらっていた譲も「おじゃましまーす」と言って、おずおず後ろについてきた。ただし、こっちはちゃんと靴を脱いでいる。

「どこだぁっ、出てこおい！」

太志のやつは例の虫取り網を構えたまま、じいちゃんが生きていたころは台所や居間だった部屋を走り回っていた。

「この上が航祐んちだったよね？」

「うん」

譲にたずねられて、俺はうなずいた。

そうしてから、俺は改めて部屋の中を見廻《みまわ》した。

外から建物を見た時もそうだったけど、部屋の中も昔とはずいぶん違って見えた。あっちこっちが埃《ほこり》をかぶり、汚れている。家具だってほとんど残っていない。ただ、そんな中で見憶えのあるものも残っていた。破れた襖《ふすま》を塞ぐ色紙、壁に貼られた日本地図。みんな、俺がじいちゃんの家に行くと、必ず目にしたものだ。

「どらあっ」

太志がまた叫んで、玄関の近くにある別の部屋に突進していった。

そっちはじいちゃんが書斎として使っていた部屋だった。

「そこかあ！」

書斎に飛びこんだ太志がまた叫ぶ。そして、戸が開くような音がした。多分、押入れの襖を開けたんだろう。

ところが、そこで、

「はっ……」

ワーワーうるさかった太志の声が急に途絶えた。

変に思って、譲や俺が書斎に入っていくと、太志は押入れの前で固まっていた。目をまんまるにして、押入れの内側を見ている。

「どうした？　太志」

譲が声をかけ、俺たちも太志の傍に立つと、押入れの中をのぞきこんだ。そして、太志と同じように俺も一瞬固まった。

押入れに誰かいる。体育座りをした誰かが。

「すー、すー……」

そんな息の音が聞こえた。

「おばけ……」

太志がそんな言葉をつぶやいた。

でも、それは違う。

息の音はどう聞いても寝息。そして、太志はともかく、俺が固まってしまったのは、そこにオバケがいたからじゃなく、予想していなかったやつの顔を見たからだ。薄暗い押入れの中で膝小僧《ひざこぞう》を抱え、まぶたを閉じている。けど、見間違えようがない。

今度は譲が口を開いた。

「あれ？　夏芽だ」

そう。

そこで寝ていたのは、夏芽だった。

※

「帰ろう」

言うなり、俺はくるりときびすを返して、その場から歩きだした。

理由なんてない。

いや、それは嘘かもしれない。

何でこんなところで夏芽が寝てるのか？　俺にも分からない。

ただ、このまま俺がここにいて、こいつが目を覚ましたら、あんまり触れたくない話になる。そういう話をしなきゃいけなくなる――。

そんな気がしたからだ。

けど、俺がそうやって、押入れで寝ている夏芽を放置して帰ろうとしたってのに、太志のやつが、

「夏芽えええっ」

「あっ、黙れ。このやろっ」

俺はあわてて太志に飛びつくと、その口を手で押さえようとした。太志は体をよじって抵抗しながら、

「だって、試合がっ、ふぎぎ」

「……なに？」

この声は俺でも太志でもなければ、その場にいた譲でもない。

「ん」

眠っていたはずの夏芽が、もぞもぞと身じろぎしていた。

そうして、夏芽はゆっくりとまぶたを開き、俺たちの顔を瞳《ひとみ》に映すと、

「のっぽくん……？」

「のっぽ？」

太志と譲が夏芽の言葉を繰り返した。

その声を聞いて、寝ぼけていた夏芽もやっと目が覚めてきたらしい。はっとしたような表情が顔に浮かんだかと思うと、みるみるうちにその頬が赤くなった。

「あ……あああっ！」

大声をあげて、夏芽はその場から立ち上がろうとしたあげく、

「いっ」

ごん、と押入れの天井板に頭をぶつけた。そりゃ、あんな狭いところで急に立ち上がったら、そうなる。

「ったあっ……うぅ、あんたたち、ここで何してんの⁉」

「そりゃこっちが聞きてえよ！」

太志から手を離した俺は、反射的に早口で言い返した。

ぶつけた頭を両手でさすりながら、夏芽が俺の方を見た。

けれど、すぐに赤い顔のまま横を向いて、

「別に。ちょっと寝てただけ」

「見りゃ分かるよ。じゃなくて……」

言いながら俺は後ろを振り返った。

元は書斎だった部屋。ただ、他の部屋にはほとんど家具らしい家具がなかったのに、ここだけは小さなちゃぶ台が置かれていた。

しかも、そのちゃぶ台の上には算数のドリルが出しっぱなしになっている。古いやつじゃない。今年、俺たち六年生に夏休みの宿題として出されたドリルだ。転がった鉛筆と消しゴム。

どう見ても、さっきまで夏休みの宿題をやっていたようにしか見えない。

何してんだ、こいつ。こんなところに夏休みの宿題まで持ちこんで。

それに、

「でも、のっぽくんって？」

俺の横から譲がたずねる。

すると、夏芽はようやくこっちに向き直り、説明に困ったように軽く首をかしげた。

「太志も譲も、クラブ行けなくて、ごめんね」

俺たちを先導して団地の階段を上りながら、夏芽はそう言った。

あの後、夏芽は俺たちのことをじいちゃん家《ち》から連れ出した。

口で説明するより、会ってもらった方が早い、とかなんとか言って。

「やっぱ夏芽も一心不乱で来てくれたのかっ？」

このはしゃいだ声は太志。

「一心同体ね」

そして、譲。

俺は内心で「んなわけねえだろ」とつぶやく。

大体、昨日、学校で太志がオバケ団地に行こうって誘った時、危ないからよせって止めたのは、こいつじゃんか。

そのくせ、自分はここにいる。どう考えても怪しい。

しかも、本人の話だと、どうやら夏芽がここにいる理由は、

「いや、のっぽくんがね。いつも上にいるはずだから」

そう言って、夏芽が立ち止まったのは、階段を上りきった五階だった。

ここはさっきまで俺たちがいた404号室の真上ってわけじゃない。そこから横にずれた、501号室と502号室の間にあるスペース。階段はここで途切れていて、団地の屋上には通じていない。ただし、屋上に行く方法はある。

「よっ」

夏芽が近くに置いてあった木の踏み台を、両手で抱えて持ってきた。

そして、夏芽は足元に置いた踏み台に足をかけると、今度はコンクリートの壁の高いところにある鉄製のはしごに手をかけた。はしごの先の天井部分には大きな蓋《ふた》がある。あの蓋が団地の屋上と繋《つな》がっているのだ。俺が団地に住んでいたころは、危ないからって蓋が鍵《かぎ》つきで閉じられていたけど。

「よいしょっと」

でも、はしごをよじ登った夏芽が手で押すと、蓋はキイキイと音を立てながら、あっさり開いた。これには太志が驚きの声をあげた。

「おお、行けんだ。どうやって蓋開けたの？」

「開いてた」

夏芽は笑いながら答え、俺は逆に顔をしかめた。

開いてた、だって？

本当か？　なんか信じられねえんだけど。

そもそも、他の建物は入り口の鍵さえ閉まってたってのに、何でここだけ、こんなにピンポイントで不用心なんだ？

開いた蓋から先に夏芽が屋上へ上がっていき、その後ろに太志が続いた。

「おおっ、運命だ！」

外に出た太志が、よく分からない言葉で感激している。

俺と譲も同じように屋上に出た。

階段が通じていなかったことからも分かるけど、ここは元々、人が利用することを考えて作られた屋上じゃない。だから、座って休めるベンチなんかないし、落下防止用のフェンスもなかった。そもそも、こうして立ってみると、足元だって少し斜めに傾いている。普通に歩くことはできるし、団地の屋上だけあって、かなり広々としてるけど、校舎の屋上なんかとはやっぱり違う。

目立つのは、焼却炉の煙突だった。建物の端、妻壁《つまかべ》にひっつくような形でのびた大きな煙突。焼却炉自体は屋上じゃなく下の階にある。新しい団地にはない、古い団地にだけある設備だ。けど、あれ、俺が住んでたころはもう使われてなかったな。今はああいうのでゴミを燃やすのはダメらしいから。

ふと頭の上に目をやると、さっきまで晴れていた空に灰色の雲がかかっていた。しかも、空の向こうから、さらに濃い色の雲も近づいている。

「のっぽくん、いるー？」

夏芽が呼びかけた先に、小さなテントが置かれていた。さすがにあれは焼却炉の煙突と違って、屋上に元々あったものじゃないだろう。夏芽が持ちこんだものなのか？あんなものまで用意してるなんて、ますます変なんだけど。

「うおおっ、すげぇ！」

太志が相変わらずはしゃいでいた。

「うわー、結構高いんだなあ」

こっちはおっかなびっくりといった様子で、譲が辺りを見回している。

夏芽が振り返って、

「太志ぃ、落ちないよう気をつけて」

「テントある！　夏芽、キャンプしてんの？」

「まあ、そんな感じ。のっぽくん、ずっとここにいるから、作ってあげたんだ」

また、それか。

のっぽくん。

「んで、誰なの？　のっぽくんって」

譲にたずねられると、夏芽は「ん～」と言葉を選ぶように少し首をひねった。

「前にここに住んでたらしくて――」

「テント入っていいっ？」

「いいよー」

　横から飛んできた太志の声に、夏芽は先に答えた。

「小学生？」

「うん。背がこんくらい高くて」

　改めて譲に聞かれた夏芽は、背伸びをして手を空に掲げてみせた。

「ああ。だから、のっぽくん？」

「そう。名前教えてくれないし、家に帰りたくないみたいでさ」

　ふーん、と譲がつぶやく。

「もしかして、そいつがオバケだったりして」

　これは、テントの中に入り、ビニール製の小窓から顔をのぞかせた太志の言葉。

　夏芽は目をぱちくりさせてから、小さく笑った。

「なに言ってんの。そんなわけないって」

「――で」

　ずっと黙っていた俺は、そこでやっと口を開いた。

「どこいんの？　そいつ」

「え……」

夏芽が今度は意表をつかれたみたいな顔をして、俺の方を向いた。

その夏芽から目をそらし、俺はハアと大きくため息をついてみせた。はっきり言うけど、半分くらい嫌味だ。

太志や譲はともかく、俺はここまでの夏芽の話、全然信じてない。のっぽくん？なんだよ。その、とってつけたみたいなあだ名。

大体、どこにもいねえじゃん、そんなやつ。

「適当なこと言って——お前がここにいたいだけだろ？」

俺はあさっての方向を向いたまま、さらに言った。

「どうせ、ここの鍵もお前が開けたんだろ？」

「でも」

と、夏芽が言い返してきた。

「その子のこと、ほっとけなくて……」

「ウソつくなよ」

俺はさえぎって決めつける。

「違う！」

夏芽の声音が硬くなった。

どこかで、もう一人の自分が言ってる。

あ、これ、まずい、って。


空の雲がますます分厚くなっていた。

屋上は風も強い。頬を撫《な》でるその風には間違いなく湿り気がある。いつ雨が降ってきてもおかしくない天気だ。

そんな中で俺と夏芽は言い争いを続けていた。

「ちょっと落ち着こう。な？」

横からなだめてくる譲の声もろくに耳に入らない。

「どんだけ団地好きなんだよ」

俺が言えば、夏芽も言葉を返す。

「そういうんじゃないって」

「クラブにも来《こ》ねえでさ。家の片付けが終わってないとか、ウソこけ」

大体、夏芽がお母さんと今の家で暮らし始めてから、

「もう二ヶ月、経ってんだぞ」

「ウソじゃない！　家《うち》はお母さんと二人だし、ＤＩＹしてるから時間かかるの！」

「なんだよ、ＤＩＹって！　なら、早く帰ってＤＩＹすりゃいいじゃねえか！」

「航祐には関係ないでしょ⁉　なんなの、さっきから突っかかってきて！」

……分かってる。

これは完全にケンカになるパターンだって。

正直、俺も何で自分がこんなにイラついているのか、はっきり理由が分からない。

ただ、のっぽくんだの何だのって話は、絶対、夏芽の言い訳だと俺は思ってる。

こいつはただ、この団地から離れられないだけだ。

団地はもう閉鎖されたのに。俺たちの「家」はもうよそに移ったのに。

じいちゃんはもういないってのに……。

「だからっ……どうせ、航祐には言っても分かんないよ！」

「言ってみろよ。どうせまた、ウソこくだけだろうが」

「勝手に思ってればいいじゃん！」

「はっきり言えよ。いい加減、ホントのこと――」

けれど、俺たちがそんな、中身がありそうで、実はほとんど感情だけが先走った口ゲンカを続けていた、その時だった。

「夏芽っ、いい加減にしなさいよ！」

――はっ？

突然、別の場所からわいた甲高い声に、俺はさすがに驚いた。

気づけば、いつの間にか太志がテントの外に出て、屋上の入り口、さっき夏芽が開けたあの蓋《ふた》の横に座りこんでいた。自分のリュックから携帯ゲーム機を取り出して遊んでる。譲と違って、俺や夏芽の言い争いなんか全然気にしてない。いつものことだから放っときゃいい、って言いたげな態度。太志らしい。だから、これには俺も驚いたりしない。

問題なのは、その太志のいる方向から、こっちにズカズカと近づいてくるポニーテールの女子だった。

令依菜だ。

しかも、その後ろで、屋上の入り口から珠理も顔をのぞかせている。

なんだって、こいつらがここに？

ひょっとして、俺たちが団地の中に入るのを見て、後から追いかけてきたんだろうか？　それとも、こうして屋上で騒いでるのに団地の外から気づいて、中に入ってきた？　いや、珠理はともかく、令依菜ならありえるかもしれない。こいつは最近、本当によく俺たちにからんでくるから。俺たちがサッカークラブで練習してる時も、グラウンドのそばで、用もないのにウロウロしてるのを見かけたことがあったし。

ただ、もしそうだとしても、今の俺と夏芽の口ゲンカに令依菜が割りこむ理由には

ならないわけで、

「令依菜には関係ない」

と、夏芽が尖《とが》った声で令依菜に言い返した。こっちは令依菜が突然現れたことに、そんなに驚いてない。

「熊谷が困ってんじゃん。こんなところにいちゃダメなんだからね」

令依菜もまた険のある声で言うと、近くにあったテントに手をかけた。

「こんなの置いて」

「触らないで！」

「なにすんのよ！」

あ。

テントに触れた令依菜の手を夏芽がつかみ、二人が揉《も》み合いになった。

そのせいでテントも揺れる。元々、本格的なテントじゃなく、キッズ用のテントだ。揺れた拍子に中から物が飛び出してきた。夏芽の手を振り払った令依菜は、飛び出してきた物の一つを拾い上げ、「ふん」と鼻で笑う。

「こんなオンボロで遊んでんの？」

「だめっ！」

夏芽が大声をあげた。

「返してっ！」

令依菜の手の中にある「何か」を、夏芽は必死で奪い返そうとしている。

「！」

そして、俺は夏芽が取り返そうとしている物を見て、ハッと息を呑《の》んだ。

それはカメラだった。

デジカメじゃない。

今じゃあんまり見かけない、銀色のフィルムカメラ。古ぼけていて、あちこち傷も入っている。でも、それだけに俺には見憶《みおぼ》えがある。

「ちょ、放してよっ」

「返してってば！」

「きゃっ」

とうとう夏芽は令依菜のことを突き飛ばし、無理やりカメラを取り返した。

「うっ、いったぁ」

「あ……」

もちろん夏芽もはずみだったんだろう。

突き飛ばされて転んだ令依菜を見て、初めて夏芽は我に返ったような顔をした。

「令依菜ちゃんっ」

令依菜のところへ珠理があわてて駆け寄った。

その珠理に助け起こされながら、令依菜は涙声で、

「先生に言いつけてやる！　パパにもっ」

これには夏芽も言い返さない。

その時、俺の頬にポツリと何かが触れた。

雨粒だった。濃い灰色に染まった空から、ぽつぽつと雨が降り始めている。

俺はその空を一度見上げた。

そうしてから、ぐっと唇を引き締めると、改めて夏芽たちの方に目をやった。

令依菜の前で夏芽が立ちつくしている。

俺はその夏芽にゆっくりと近づいてから、手の中にあるカメラを奪い取った。令依菜の時と違って、夏芽は抵抗しなかった。

そんな夏芽に俺は低い声で話しかけた。

「これ、じいちゃんのだろ……」

「…………」

夏芽はうつむいた。

俺じゃなく自分の足元を見て、小さな声で、

「これは――」

何か言いかける。

でも、俺は夏芽に先を言わせなかった。

「捜したんだぞ」

「…………」

「人んちの物、盗んで――お前、何やってんだよ」

ぱらぱらと降っていた雨が少し強くなった。

「ちがう……」

大きくなった雨音とは反対に、夏芽がもっと小声になった。

「返してもらうからな」

俺は聞く耳を持たなかった。カメラを持ったまま夏芽に背を向ける。

「待って……」

「じいちゃんはもうくたばってんのに、人んちに土足で上がりこんだままで――」

背後からの夏芽の言葉を、俺はやっぱり聞かず、そして、最後には吐き捨てた。

「お前、気持ち悪《わり》いんだよっ！」

――言い過ぎだ。

自分の中で、もう一人の自分がそう言った。でも、一度口にしてしまった言葉は引っこめられない。

雨音がますます強くなった。

もう小雨とは呼べない。本降りに近い。

そんな雨の中、辺りを沈黙が覆う。令依菜でさえ、俺の激しい言葉に驚いたのか、口を閉ざしている。

そうして、

「……あーあ」

また夏芽の声が俺の後ろから聞こえた。

ただ、今までと声色が違う。気圧《けお》された小声でもない。

「そっかそっか……」

むしろ、怒りがにじんだ声で、

「そういう風に言われちゃうんだ」

「あ？　なんだよ」

売り言葉に買い言葉。

俺も反抗的に言い返しながら振り返った。予想通りというか、そこには夏芽の険しい顔があった。目が吊《つ》り上がってる。あれは夏芽が完全に怒った時の顔だ。

そして、夏芽は一歩、二歩と前に出て、俺の目と鼻の先に立つと、

「あんなに一緒に遊んで一緒に暮らしたのに……そんなこと、よく言えるねっ！」

このっ。

確かに、お前はじいちゃんと一緒に暮らしてたけど、だからって、じいちゃんの物を勝手に貰《もら》っていいことにはなんねえだろうが！

「俺んちとお前は関係ねえだろっ！」

「ばかあっ！」

俺が怒鳴ると、夏芽も怒鳴り返したあげく、いきなり俺の胸を突き飛ばした。

「わっ」

こらえきれず、俺はその場で尻《しり》もちをつく。そんな俺の手から、夏芽がじいちゃんのカメラを奪い返した。そのまま雨の中、団地の屋上を走りだす。

「くそっ……待てよ！」

俺もすぐに立ち上がり、夏芽の後を追った。

「夏芽！」

この叫びは太志。

夏芽は止まらない。屋上の端にある、あの焼却炉の煙突の方へ走っていく。

「待てって！」

煙突の前まで来ると、さすがに立ち止まるかと思ったが、夏芽はそうしなかった。

煙突には掃除用の、てっぺんまで続くはしごが備えつけられている。

夏芽はそのはしごを登りはじめたのだ。

「おい！」

運動神経いいからって、無茶しやがって！

俺もまた夏芽の後を追って、はしごに手をかけた。

「夏芽ーっ、危ないぞ！」

譲が叫んだ。

夏芽ははしごを登りながらも、下に続く俺を、きっとした目で見下ろした。

「こないで！　ほっといて！」

「降りて来なさいよ！」

これは令依菜の声だ。それでも、夏芽ははしごを登るのをやめない。

そして、とうとう、てっぺんまで登りきってしまった。

焼却炉が使われていたころはそんなことはなかったのだろうけれど、煙突のてっぺんは大きな鉄の板で塞《ふさ》がれている。

夏芽はその板の上によじ登った。板の上には一応、人が数人乗っかれそうなスペースがある、けど、あれはいくらなんでも危険すぎる。大体、ここは団地の屋上。煙突は建物の端にあって、その向こうに落ちようものなら、地面に真っ逆さまだ。

「降りてこい！」

ここまで来ると、俺はケンカとは関係なく怒鳴った。でも、夏芽は聞かない。

「だめ！　来るな！」

まだそんなことを言ってる。

いや、言いながら、夏芽は板の上で後ずさりしたあげく、

「え……」

全身の毛が逆立つような感覚に、俺は襲われた。

てっぺんの板の上で夏芽がよろけた。

足をすべらせたのだ。多分、何もない時なら、いくら頭に血が昇っていたとしても、夏芽はそんなヘマをしなかっただろう。けど、今は雨が降っている。当然、金属製の板は濡《ぬ》れて滑りやすくなっている。

「あっ」

ぐらりと、夏芽の体が煙突の向こうに傾いた。そのまま姿が消える。

「！」

声をあげることもできず、それでも俺は反射的に動いた。

一気にはしごを登りきる。

板の上に夏芽はいなかった。

――落ちた！

一瞬、頭の中をよぎった最悪の想像。腹の底がスーッと冷えた。けど、俺のその想像は間違っていた。

夏芽の体は煙突から完全に落ちてはいなかった。

ただ、無事だなんて絶対言えない。

煙突の板の端に夏芽の左手がかかっていた。かろうじて、っていう言葉そのものだ。左手一本で自分の体重を支えている。一分どころか三十秒だって、こらえられそうにない。俺はすぐさま這《は》い寄り、思いっきり右手を伸ばして夏芽の左腕をつかんだ。さらに、空いてる左手も夏芽に向けて差し出す。

「うう……」

「そっちもつかまれっ！」

必死に叫ぶと、宙吊りになった夏芽が俺を見上げた。その顔がくしゃっと歪《ゆが》む。

そして、その瞬間、夏芽の左腕をつかんでいた俺の右手がずるっと滑った。雨のせいだ。俺はあわてて夏芽の左腕を握り直そうとした。けど、それが失敗だった。無理な動きをしたせいで、煙突の板の端をつかんでいた夏芽の左手が、板から離れた。もう支えようがない。一気に滑り落ちる夏芽の体。俺の右手の指先がわずかに夏芽の左手の指とからんだけれど、そんなことで夏芽を引っ張りあげられるはずもなく、そのまま俺たちの手は離れ――。

「っ！」

ざあっ、という大きな音が俺の鼓膜を貫いた。

こちらを見上げたまま、俺に向かって手を伸ばしたまま、一直線に落下していく夏芽。

けれど、その姿が一瞬で見えなくなった。

雨のせいだ。

いや、それを雨と呼んでいいのか。

滝のような、っていう表現でも追いつかない。

バケツどころか、プールを引っくり返したような大量の雨水が、俺たちの視界を突然覆いつくす。

雨の中に海ホタルのような青い光がほんの少し見えたような気がしたけれど、それもまた大量の雨水によってかき消され、あとは何も見えなくなった。

※

……後になってみると。

その時、起きた出来事は、決して偶然じゃなかったように俺には思える。

夏芽は団地の屋上から落っこちたのだ。

あのまま落ちていたら、絶対に無事じゃ済まなかった。大怪我は間違いなし。ひょっとしたら、死んでいたかもしれない。

そこへ、あの大雨。

まるで誰かが夏芽を助けようとして――。

※

「夏芽ええええっ！」

俺は声を振り絞って絶叫した。

雨音が消えていた。

あの大雨が嘘のように、今は団地に明るい陽の光が降り注いでいる。というか、雨が降っていたのは、ほんの数秒前のはずだ。いくら夏の通り雨だからって、こんなに急にやんで、空が晴れるはずがない。変にも程がある。

あるけれど、今の俺にはそんなことを考える余裕がなかった。

煙突の頂上から下を見ると、そこにあったのは団地の敷地じゃなく、一面に広がる水だった。

夏芽の姿はない。けれど、

「夏芽ぇ！」

俺がもう一度叫ぶと、真下に見える水の中から、ぼこりと泡が浮き上がった。

と同時に、水の中から見憶《みおぼ》えのあるやつが、ぶはっと顔を出す。

「えほっ、えほっ……」

「夏芽！」

水に浮かび、せきこむ夏芽を見た途端、俺は煙突のはしごに足をかけた。

「夏芽っ！」

「夏芽ちゃんっ」

太志と珠理が屋上の端に立って、下にいる夏芽に呼びかけていた。煙突のはしごを伝って屋上に飛び降りた俺は、それには構わず、蓋《ふた》が開いた屋上の入り口へ走った。ここもはしごだ。一息に飛び降りることができないのが、ひどくもどかしい。それでも、俺は全速力ではしごを降りると、今度は団地の階段を一気に駆け下った。太志や譲も俺のあとについてきた。

そうして、俺が一階にたどりついてみると、夏芽の方は、湖みたいな巨大な水たまりを泳いで進み、団地の一階に上がろうとしているところだった。

「夏芽！　大丈夫かっ？」

俺が声をかけると、コンクリートの上で四つん這いになった夏芽は、俺のことを見上げた。その顔色はさすがに真っ青だった。全身もズブ濡れ。ただ、俺の言葉には何も答えない。目があったのはほんの一瞬で、すぐに夏芽は俺から視線を外す。

「………」

俺もさっきまでのケンカを思い出して、続く言葉を呑《の》みこんだ。

「夏芽！」

そんな俺を押しのけるようにして、あとからやってきた太志と譲が夏芽の傍に駆け寄った。

「大丈夫か？　夏芽」

「うん……平気」

「おお、良かったぁ」

太志と譲には夏芽もちゃんと返事をしている。

何となく納得がいかなかったけれど、それで俺もやっと気持ちが落ち着いた。

とにかく夏芽は無事だ。

こうして見てみると、多分、怪我もしてない……いや、待て。

無事？　怪我をしてない？

なんで？　団地の屋上から落っこちたんだぞ？

というか、辺り一帯に広がっている、この大きな水たまりは、何だ？

そこまで思い至った時、俺は周囲の空気さえ、ついさっきまでとは微妙に変わっていることに気づいた。

鼻の奥を刺激するこの匂い。

これは潮の香り——海の匂いだ。

「うっそだろ……」

太志も、夏芽の無事を確認して、ようやくそっちに意識が向いたらしい。

団地の棟の外に溜《た》まっている水。

その先には水平線さえ見える。言い換えると、他の棟や、そもそも俺たちが住んでいた街がない。建物の周囲を埋め尽くしているのは、とにかく青い水、水、水。

「ぶはっ」

突然、太志が夏芽と同じように四つん這いになって、水の中に頭を突っこんだ。団地の下をのぞきこんでいる。

「ぼごごごごっ……」

そうやって、太志は何やら水中でわめいたあげく、水の中から頭を引っこ抜いた。

「な、なんにもない！」

「えっ」

と、譲も目をまんまるにした。

「浮いてるってことか？」

「ああっ。うわ、しょっぺ！」

このことは、だ。

この水たまり、まさか海、なのか？

「一瞬で、街消滅！」

太志の言葉は悪い冗談にしか聞こえない。

俺は呆然《ぼうぜん》と突っ立ったまま、はるか先の水平線を見やった。

3　サバイバルの心得

「熊谷ーっ」

唐突な声は上から降ってきた。

令依菜だ。屋上から身を乗り出している。隣には珠理の顔も見えた。

「船が近づいてくるよ！」

これは珠理の声だった。その手が……えっと、あっちはどっちだ？　西か？　東か？　ええい、こんな海のど真ん中じゃ、方角が分からない。とにかく、珠理の手が俺から見て右を指差していた。

「えっ？」

「まじか!?」

俺たちはその場から一斉に走りだした。譲、太志、俺、夏芽の順で階段を駆け上がっていく。

俺の前を行く太志が息を切らしながら、

「もう、わけわかめ！　これ、なんかの訓練っ？」

「救助に来てくれたんだっ」

譲の方は声を弾ませた。

階段を一気に上り、俺たちはまた五階にたどりついた。屋上に続く蓋がさっきまでと違って閉じている。多分、太志か譲のどっちかが、一階に下りてくる時に閉めてしまったんだろう。先頭の譲がバタバタとはしごを登り、蓋に手をかけた。けど、肝心の蓋は中々開かない。夏芽は簡単に開けていたように見えたけれど、あれで開けるのにコツがあるのかもしれない。

「急げっ」

譲のあとに続く太志が、無理やり譲の尻《しり》を押した。

「早く！」

けど、そんなことしたって蓋が開くわけがない。それどころか、押されて体勢を崩した譲が太志と一緒になって、はしごの上から落っこちてきた。

「あたた！」

「うがっ、重いぃ！」

「ばかっ」

悪態をついた俺は蓋のことをあきらめた。振り向いた先にあったのは、５０２号室のドア。ドアノブに手をかける。よし、開いてる。

ドアを開けると、俺は室内に駆けこんだ。そのまま外のベランダに飛び出す。

そして、見た。

「あっ……」

のしかかってくるような巨大な影。

ベランダの手すりから体を乗り出した俺のすぐ先を、ゆっくりと横に移動している。

いや、けどさ。

これ、船か？

こっちの団地と同じで、表面はコンクリートの壁に見えるし、その壁に雨どいみたいなパイプがくっついてるし。なんか、船っていうより、古い市民会館とか、体育館みたいな形をしてるんだけど。

太志や譲、夏芽も俺のあとを追って、ベランダに出てきた。

「うおっ、ちけえぇっ。おおおいっ」

譲が「船」に向かって必死に手を振った。

俺もならって、

「おおいっ、助けてくれえぇ！」

「なんじゃこりゃっ、待てえぇえ！」

そして、太志も飛び跳ねる。

「待ってえっ」

「待ちなさーいっ！　こら、ムシすんなああっ！」

屋上からは珠理や令依菜が叫んでいるのも聞こえた。

でも、俺たちがどれだけ騒いでも、「船」からの反応はない。人の声もしない。

沈黙を守ったまま「船」はじりじりとこっちから離れていく。というか、これ、ひょっとして、こっちの団地も動いてるのか？

「行っちゃうぞ！」

譲の声に焦りがまじり、太志がベランダの手すりによじ登った。

「おおおいっ、ここにいるぞお……うわっ！」

「太志！」

「う……おっ」

手すりの上に立った太志はぐるぐると両手を回し、そのまま手すりから飛び降りた。

といっても、もちろん一階まで落ちたわけじゃない。この団地は部屋のベランダとベランダの間に窓があって、窓の上にはひさしがついている。人が乗れるくらい大きなひさしだ。しかも、一つ上の階のベランダと下の階のひさしは、そこまで距離が離れていない。

ベランダの手すりからジャンプした太志は、その一階下のひさしの上に飛び移った。

さらに、ひさしの上を走りながら、

「うおおっ、待ってくれえええっ！」

叫ぶ。でも、やっぱり「船」からの返答はなし。

最後には、

「ふべしっ」

ひさしの端まで走った太志が、隣のベランダに飛び移ろうとして失敗し、ひさしの上でひっくり返った。

晴れた空の下、「船」は無情にも団地から遠ざかっていく。

「ああ……」

俺たちはなす術《すべ》もなく、その影を見送ることしかできなかった。

※

「ひあっ。うそでしょっ⁉」

俺のすぐそばで、スマホを手にした令依菜が叫んだ。

場所は屋上だ。

あのあと、俺たちは502号室を出ると、いったん屋上に集まった。

頭の上には青空と白い雲が見える。団地の周りに広がる真っ青な海がなけりゃ、のどかと言ってもいいくらいの風景かもしれない。

――圏外。

そんなマークが、ひびの入った俺のスマホの液晶画面にも表示されていた。

「なんでだよっ……」

「こいつも死んでる！」

俺の横では太志が携帯ゲーム機を手にしていた。そっちもダメだったんだろう。

「やっぱり、どう見ても、ここ海だよね……」

譲が途方にくれたような顔をしてつぶやいた。その隣にいる珠理も心細そうな表情を浮かべて、

「そもそも、日本なのかな……？」

「漂流団地！」

突然、太志がそんな言葉を叫んだ。

「ええっ、そんなことって」

譲はそう言うけど、俺には太志のその造語が一番、今の状況を正確に言い表しているように思えた。

屋上から身を乗り出し、俺は海の方を見た。

間違いない。

改めて観察してみると、俺たちのいる112号棟はゆっくりと海の上を進んでいる。そして、112号棟は、元々地上に出ていた部分だけじゃなく、その下、地面に埋まっていたコンクリート部分もまとめて、海に浮かんでいるみたいだった。普通に考えれば、船と違って、海に浮かぶような建物とは到底思えない。なのに、浮いてる。しかも、エンジンやモーターがついてるわけでもないのに、海の上を移動している。見ているだけで、頭がパンクしてしまいそうな光景だ。

「ちょっとっ」

また令依菜の声がした。ただし、向けられた先は俺じゃない。

屋上に置かれたテントの傍に夏芽がいた。その手があのじいちゃんのカメラを持っている。そういえば、夏芽が煙突の上で足を滑らせた時、あのカメラは一緒に海へ落ちなくて、屋上側に落ちたのを、下にいた譲がキャッチしていた。

令依菜に呼びかけられて、夏芽はハッとしたようにカメラを自分の背中に隠した。

その夏芽に令依菜がずんずん近づいていって、

「どうにかしなさいよっ。あんたのせいでしょ！」

「え……」

　これには夏芽も驚いたように目を見開いた。

「元はと言えば、あんたがここにいたからじゃん！」

「そんな」

　令依菜に詰め寄られて、夏芽は後ずさりした。

「私だって分かんないよ……」

「ウソつかないでよねっ」

「令依菜ちゃん」

　これは「やめなよ」と言いたげな珠理の声。

　夏芽は二人の顔を交互に見て、

「私はただ……ただ」

「ただ、何⁉」

　珠理に止められても、令依菜の剣幕は変わらない。

「のっぽくんがいたから――」

「誰それ？　そんなのいないじゃん。ウソばーっか！」

「ウ、ウソじゃない」

「なら、そいつ出してみなさいよーっ」

「やめろって！」

俺は夏芽たちに近づくと、二人の間に割って入った。

「今はケンカより他にやることあんだろ」

「だって」

俺に言われると、令依菜の方は急に弱腰になった。

「どうすればいいの……？」

俺は令依菜じゃなく、夏芽の方に向き直った。

「でも、夏芽、お前、ずっとここにいたんだから、何か知ってることあるんじゃないか？」

それこそ、さっきの俺と夏芽のケンカも後回しだ。今はそんなことに構ってる場合じゃない。

俺が真剣な口調でたずねると、夏芽は「え」と戸惑ったようにこっちを見た。

「えっと……別に……分からない」

そう答えたあと、俺から目をそらす。

む、こいつ、こっちがひとまず休戦モードで話をしてるってのに、まだ——。

「あやしい～」

俺の背後で令依菜が疑わしそうな声をあげた。

これを聞くと、夏芽は少し早口になって、

「あ、そうだ。下の部屋に食べ物とかあったかも。行ってくる!」

言うなり、その場から歩きだし、俺の横を通り過ぎていく。

「………」

「あやしい」

俺が無言でその後ろ姿を見送っていると、令依菜がまたつぶやいた。


日差しが少し弱くなった。

空の太陽が移動している。考えてみると、あれの動きを見れば、東と西がどっちなのかくらいは大体分かるか。

「あいつ、ここで何してたわけ?」

「キャンプしてたって」

「原始人……」

夏芽の姿が消えた屋上で、令依菜や太志たちがあのテントを取り囲んで話をしていた。

「お菓子がある! これ、食べていいかな?」

「夏芽に聞いてからな」

「熊谷ぁー」

そのうち、令依菜が俺に呼びかけてきた。

「ねえ、これ、飲む？」

ただ、俺はその会話をほとんど聞いていなかった。というか、俺だけは令依菜たちの話に加わっていなかった。

一人、屋上の端に座りこみ、海に向かって、

「……なんだよ、あいつ。人が心配してやってんのによ。素直に話しゃいいだけなのに……逃げんなよ」

言葉にすると、ますます夏芽に対して腹が立ってきた。

あの妙な大雨が降る前の口ゲンカ。そして、さっきの態度。どれもこれも癇《かん》にさわることばっかりだ。

大体、あいつ、本当に何も知らないのか？

もしかして、何もかも知ってて、パニックになってる俺のことをからかってるとかないだろうな？

もし、そうだったら——。

「ねっ！　あたし、分かった！」

突然、俺のすぐそばで令依菜がとんでもなく大きな声をあげた。

これには俺も振り向いた。

そんな俺の前で、お茶のペットボトルを手に持った令依菜は胸を張り、こう言った。

「これ、ドッキリよ！　こんなのマジになってもしょうがないって！」

「ドッキリ？」

テントの横に座っていた太志が首をひねり、珠理が「さすがにそれは……」とつぶやいた。

それでも令依菜は自信たっぷりの口調で、

「だって、さっきの船、どうせ、あたしらを見張ってたんでしょ？」

一瞬の間を置いて、太志が勢いよく立ちあがった。

「なるほど！」

いやいや。

なるほどじゃねえよ……。

「あっちがその気なら、全力で楽しんでやろうじゃない！」

「確かに！」

いつもは顔を合わせるたびにケンカばっかの令依菜と太志が、こんな時だけ意気投合している。

ため息をついて俺も立ち上がった。

「ねえ？　熊谷ぁ」

令依菜が甘えるような顔で、俺にも同意を求めてくる。

でも、俺はその言葉の途中で、

「この状況、そんなわけねえだろっ！」

と、怒鳴った。

「ひっ」

小さく跳び上がる令依菜。

「きっと、何か事故に巻き込まれたんだ」

俺は令依菜だけでなく、その場にいる全員に向かって言った。

「ぜってー帰ってやるからなっ！」

「でも、熊谷くん」

珠理がおずおずした態度でたずねてきた。

「どうやって？」

「いいから、俺に……任せろっ！」

夏芽なんかに頼ってられるか。

何も話さないあいつになんか。

※

まず、ちゃんと考えよう。

周りは海、俺たちは団地と一緒に漂流してる。何でこんなことになったのかはさっぱり分からないけど、これは現実だ。頬をつねったって目が覚めない。夢じゃない。

それを認めた上で、どうするか？

そういえば、前に学校の朝読書の時間、五人組の小学生が無人島に流される本を読んだ。

普段、俺は本なんか読まないけど、あの話は結構面白かったから、よく覚えている。五人組は協力して無人島で生き延び、脱出する方法をいろいろ考えていくのだ。無人島と、漂流してる団地。ちょっと違うけれど、脱出する方法や救助を呼ぶ方法は同じでいいかもしれない。

とりあえず、外から見て目立つところ、例えばこの屋上なんかに旗を立てて「ＳＯＳ」の文字をでっかく書いて。

誰か、花火とか持ってねえかな？　あれがあれば、打ち上げて、こっちの居場所を知らせることもできる。

それから、スマホやゲーム機が圏外なら、インターネットとは関係なく通信できる太志のトランシーバーを試してみて。

あとは……そう。陸だ。漂流してる団地の近くに陸がないか。

もし、双眼鏡でもあれば、団地の周りを探して――。


そして、全部、空振りに終わった。

「熊谷ぁ……俺に任せろって言ったじゃん」

空がもう夕焼けに染まっていた。

辺りの景色が陰っていく中で、だらっと屋上に寝そべった令依菜が疲れ果てた声で愚痴をこぼした。

同じように屋上で大の字になった俺も嘆息まじりに、

「SOSも、花火も、トランシーバーも。双眼鏡でどこを探しても……全部だめだ」

花火と双眼鏡を太志のリュックの中から見つけた時は、みんな小躍りしたものだった。令依菜でさえ、「あんた、やるじゃん」と太志のことを褒めたほどだ。

実際に使ったあとは、意味ないってことに気づかされて、天国から地獄へ叩《たた》き落とされたけど。

「最悪、イカダ作って脱出するしか——」

「そんなのヤダ！　無理！」

俺の言葉を、起き上がった令依菜が即座に拒否した。

譲ものろのろと体を起こして、

「それで島が見つからなかったら一番やばいよ」

「そう、だな……」

分かっていたから、俺も譲の意見を否定せず、もう一度ため息をついた。

「もー限界っ」

また令依菜が屋上に寝そべり、駄々をこねるようにその場でごろごろと左右に転がった。ポニーテールの頭を両手でかきむしりながら、

「汗だくだし、シャワーないし！……トイレ、行きたい」

最後は小声だったけど、別に俺たちに聞こえないほどじゃない。俺と同じように大の字になっていた太志が、どうでもよさそうに口を開いた。

「海にすりゃよくね？」

「ぜったいっ、無理っ！」

女子って、めんどくせーな。

「もう、大体、あいつ何してんの！」

令依菜がまた叫んだ。

「あいつのせいなのに！」

「令依菜ちゃん、落ち着いて」

沈んでいく太陽と反対側の空は、もう夜空に変わりつつある。

救助を呼ぶ作戦は全部失敗した。

なら、とりあえず今日の夜をどう過ごすか、考えねーと。


「うわ、くら」

はしごを降りながら、譲がそう言った。

屋上から建物の中に入ってみると、辺りは想像以上に物が見えにくくなっていた。

もちろん、この団地にはもう電気なんか通ってない。仮に通ってたとしても、海の真ん中に放りだされた時点で、電線は完全に切れてるだろうけど。

「熊谷ー、どこいくの？」

「101号室。きれいだったから」

令依菜の問いに俺は答えた。

「夏芽はいいの？」

この譲の質問には俺は答えない。さっさと階段を下りる。

「いいっていいって、あの子は」

俺の後ろを歩いていた令依菜が、なぜか少し楽しげな声をあげた。

「令依菜ちゃ……」

そんな令依菜に向かって、ちょっとたしなめるように、珠理が何か言いかけたのだけれど。

——ごとり。

「っ⁉」

物音はすぐ近くからだった。

俺たちの足音じゃない。

通りかかった４０２号室のドアの向こうから聞こえたものだ。

「だ、誰かいる」

「ああ、あいつでしょ」

怯《おび》え声の珠理に対して、こちらも一瞬ビクッとしていた令依菜が、気を取り直したように言葉を返した。

そんな二人の前で、４０２号室のドアがゆっくりと開く。

「あんた、何して……ひっ！」

ドアの前で仁王立ちになった令依菜が悲鳴をあげた。

ぎぎぃ、と小さく音を立てて開いた402号室のドア。

薄暗い玄関に誰かが立っている。だけど、それは絶対に夏芽じゃなかった。背の高い影。大人くらいありそうだ。辺りが暗すぎて、顔は全然見えない。でも、人形なんかじゃない。その証拠に、ぬっとした動きで部屋から外に出てこようとしている。

「い、ぎゃあああああっ！」

「ひあああああっ！」

令依菜の叫びをきっかけに、俺たちみんなに恐怖が伝播《でんぱ》した。真っ先にその場から脱兎《だっと》のごとく逃げ出したのは令依菜。一呼吸遅れて、珠理。どっちも先を歩いていた俺や太志たちを追い抜いて、階段を駆け下りていく。もちろん、俺たちだってじっとしてない。

「わわわわっ！」

「ひいいっ」

我先に令依菜たちのあとを追って走り出した。

「……待って」

後ろからそんな声が聞こえた。それもまた怖い。

なんだなんだ、あれ！

「令依菜ちゃあああんっ、早くっ！」

「わ、分かってるわよっ」

猛スピードで一階まで下りた令依菜が、102号室のドアノブに手をかけた。開いたドアの向こうに珠理と一緒に飛びこむ。俺の前を走っていた太志もそれに続く。

あ、こら。

「閉めんなっ！」

部屋に入った途端、勝手にドアを閉めようとした太志を押しのけて、俺もまた102号室の中に駆けこんだ。俺のあとから譲も入ってきて、改めて太志がドアを閉め、カギも掛ける。

そうしてから、太志がガタガタと震えながら、ドアスコープを覗《のぞ》きこんだ。

また物音が聞こえた。外からだ。

ドアスコープを覗いていた太志が悲鳴をあげて、ドアから飛びのいた。

「ひいいいいっ、やっぱりオバケがいたんだ！」

ドアスコープの向こうに何か見たらしい。

「ドッキリでもなんでもねえ。あいつが俺たちをここに連れこんだんだあっ！」

そこで、今度はかすかな声がした。

「開けて……」

俺たちの声じゃない。ドアの外からだった。そして、ガチャガチャとドアノブを回そうとする音。

「殺されるううっ！」

叫ぶなり、太志がドアに背を向けて102号室の中を走りだした。もちろん俺たちだって恐怖は同じだ。太志と一緒にドアの前から逃げる。

ベランダに飛び出すと、太志は隣の103号室との仕切り板を思いっきり蹴《け》った。団地がまだ新しかったころなら、その程度で仕切り板が壊れることはなかったのかもしれない。けど、何度か太志が板を蹴ると、べきっという音がして仕切り板の下半分が破れた。

割れた仕切り板の隙間をくぐり、太志と俺たちは隣の103号室に逃げこんだ。

「いやだっ、死にたくねええっ！」

わめきながら、太志は103号室も飛び出した。さっきとは逆に、コンクリートの階段を上り始める。

二階、三階、そして、四階に到達したところで、また太志が叫んだ。

「明かりがあるぞ！」

「おおっ！」

太志の言う通り、その部屋からは光が漏れていた。

ここは……404号室だ。元じいちゃん家《ち》。ドアも開いている。

太志を先頭に俺たちは404号室の中へ足を踏み入れた。光を求めて台所へ向かう。

けれど、そこで見たのは明るいシーリングライトなんかじゃなく、闇の中でぼんやりと不気味にゆらめく炎だった。ガラス製の容器の上に灯《とも》った炎。

「うおおっ、なんじゃこりゃ。闇の儀式だあっ。罠《わな》だあっ！」

この世の終わりが来たみたいに太志が叫んだ時、台所の外、ベランダの方から物音がした。炎に照らされて、ベランダにいた誰かがこっちに顔を向ける。

「で、出たあああっ！」

太志と譲が悲鳴をあげて、その場でひっくり返った。

「うおっ」

太志たちの後ろにいた俺はかろうじて、倒れる二人から飛び退いた。

そうして、ベランダの方に目をやった。

そこにいたのはオバケ……じゃない。

見なれた顔だった。

「夏芽……？」

驚いたように俺たちの方を見ている目。

それは間違いなく夏芽だった。ベランダに置いた灯油缶みたいな缶の前で座りこんでいる。

「お前……なにしてんだ？」

あぜんとして俺がたずねると、夏芽は目をしばたたかせて言葉を返してきた。

「もう来ちゃった？　のっぽくんは？」

のっぽくん？

「待ってえええっ！　ぐまがやああっ、だずげてえええええ！」

俺の背後から、泣き声が聞こえた。令依菜だ。涙で顔がぐしゃぐしゃになっている。

しかも、あちこち走りまわったせいで、息も絶え絶えって様子だ。

そんな令依菜の後ろから、

「待って」

さっきも聞いた誰かの声がした。

同時に薄闇の中からぬっと手が伸びてきて、令依菜の肩をつかむ。

「ひんっ！」

一声、悲鳴をあげるなり、令依菜が気を失って床にばったりと倒れた。

その後ろに、

「………」

短パンをはいた、でっかい人影が立っていた。

※

「この子がのっぽくん。昔、この団地に住んでたんだって」

夏芽が紹介したそいつは、改めて見てみると、本当に背が高かった。

ただし、横幅の方はそこまでじゃない。短パンをはいた姿は、どっちかっていうと、ひょろりとした印象がある。性別は男だろう。ぼっちゃんカットにした黒い髪。明るいところで見ると、最初に出くわした時ほど怖そうなやつにも見えない。

「ほんとにいたんだ」

「譲より、でけえかも」

譲と太志の二人が、ぬぼーっと立っているそいつの周りで口々に言った。

「ほんとは中学生？」

「何小？　何中？　何部？」

二人が矢継ぎ早に質問を浴びせるけど、そこで、

「そんなことより！」

腹立たしそうにさえぎったのは、気絶から目を覚ました令依菜だった。

のっぽとかいうやつの隣にいる夏芽を見て、

「あんた、食べ物は？　それに、なにこれ」

そう言って、令依菜は部屋の中にも目を向けた。

ここはじいちゃん家の居間だ。夏芽が書斎からこっちに運んだのか、部屋の中央にちゃぶ台がある。ちゃぶ台の上にはぼんやりと白い光を放つペットボトルが置かれていた。いや、本当はペットボトルが光ってるんじゃない。その下にあるスマートフォンの液晶画面が光っているのだ。

そういえば——と俺はまた思い出した。

昔、この団地に住んでいたころ、住人が集まって定期的に防災訓練が行われていた。その訓練の中で、同じものを見たことがある。災害が発生して停電した時なんかに、ペットボトルを利用して作ることができる簡易ランタン。消防団から来た指導員の人が教えてくれた。水を入れたペットボトルの下に、懐中電灯みたいな光る物を置き、ランタンにする。こうすれば、下の光が乱反射するから、周囲を照らす明かりになるんだとか。

室内には他に、耐熱ガラス製の容器を使ったランプもあった。さっき台所で太志が闇の儀式呼ばわりしたランプと同じものだ。あれは多分、スマートフォンを利用したものじゃなく、

「工事に使う油があったから。夜になったら、いるでしょ？」

夏芽がそう説明した。原理は理科の実験で使うアルコールランプと同じだろう。

「最初、呪いの儀式かと思ったぜ」

「でも、きれいで安心するね」

太志が笑い、その隣で珠理も微笑んだ。令依菜だけは「はあ」とあきれたようにため息をついてる。

その後、夏芽は俺たちを台所へ連れていった。

台所に備えつけの戸棚を開けて、

「食べ物もあるよ」

「おおっ、ブタ●ン三昧《ざんまい》！」

戸棚の中には、手つかずのカップ麺《めん》が山のように積まれていた。太志の言う通り、コンビニとかでも売られてることがある、ブタ●ンっていう名のカップ麺だ。屋上のテントと同じで、こんなことになる前に夏芽が持ちこんだものだろうか。

「飲み物も」

「水三昧！」

「コーラもある！」

大喜びする太志と譲の横から、珠理が夏芽にたずねた。

「これ、全部持ってきたの？」

夏芽は軽くうなずいてから、

「でも、それじゃ足りないから」

と、今度は台所の横の、開いた戸を指差した。戸の外にあるベランダには、灯油缶を二つ、縦に重ねて作った簡易コンロが置いてあった。下の缶で火を焚《た》き、上の缶に水を入れて沸かす仕組みのコンロだ。燃料は団地内に転がっている廃材だろう。

「のっぽくんが作ったコンロで、溜《た》まってた雨水を沸かしてたんだ」

令依菜がまた顔をしかめた。

「うわ、きたな」

「だから、体も洗えるよ」

「えっ？　シャワー？　浴びれるの？」

これには令依菜も食いついた。ただ、その令依菜の質問に答えたのは夏芽じゃなかった。

「海水で洗って……」

俺たちの背後から、ぼそぼそとした声があがった。

例の、のっぽだ。

「最後に水をかぶれば、なんとか――」

そう話すのっぽのことを、令依菜が少し気味悪そうに見ていた。さっき肩をつかまれて気絶したことをまだ忘れられないらしい。まあ、こいつがあやしいってことには俺も同意するけどな。

確かに、最初に俺が夏芽の言葉を疑ったのは間違いだった。のっぽってやつはいた。ただ、夏芽はこいつのこと、前に団地に住んでたとか説明したけど、俺はこんなやつ見たことない。

ほんと、誰なんだよ、こいつ。

でも、そんな風に思ったのはどうやら俺と令依菜だけのようで、

「のっぽくんも夏芽ちゃんもすごいよ」

珠理なんかは眼鏡の奥の瞳《ひとみ》を輝かせた。太志もウンウンとうなずき、

「ここで泊まり決定！」

譲もほっとした顔をしている。

夏芽はそんなみんなのことを笑顔で見ていたけれど、やがて、ふっと真剣な表情になって、また口を開いた。

「みんな、聞いて。実は……私、ここに来たこと、前にもある」

「！」

俺は大きく目を見開いた。いや、俺だけじゃない。太志や譲も、そして、令依菜も珠理も「えっ」と驚きの声をあげた。

こいつ、やっぱり――。

「来たって、船で？」

「ううん」

譲の問いかけに、夏芽はかぶりを振った。

「団地で……。団地にいて、気づいたら海に来てたことがあって」

「何で黙ってたのよ！」

と、令依菜が詰め寄った。

「ごめん。言いだせなくて……でも」

一度うつむいた夏芽は顔をあげて、また俺たちと向き合った。

「安心して。いつも寝て起きたら、戻れたんだ。多分これ、夢なんだよ」

「えっ？」

「マジで？　こんなにはっきりしてるのに？」

またまた驚く太志と譲。

一方、令依菜は夏芽の言葉をまったく信用できなかったみたいで、

「なに馬鹿なこと言ってんの？」

「大丈夫！」

夏芽が少し早口になった。

「一晩ここにいても、家に帰ったら全然時間が経ってなかった」

「そうなの？　じゃあ、平気じゃね？」

太志が言えば、譲もうなずく。

「信じられないけど、夏芽が言うことだから、俺も信じるよ」

俺はその会話を聞きながら、ふと視線を横に滑らせた。

開けっ放しになっていたドアの向こうに見えたのは寝室だった。押入れの襖《ふすま》が開いている。押入れの上の段には何かが置かれていた。

あれはじいちゃんのカメラだ。

「一夜限りのキャンプだな」

「キャンプっていうと、急にワクワクすんな」

太志と譲がうれしそうな声でそんな話をしている。

「これだから、男子は……」

うんざりしてるのは令依菜で、俺はその令依菜の言葉を聞きながら、無言で歩きだした。寝室に入り、押入れの前に立つ。

「航祐？」

いぶかしげな声は夏芽だった。

俺のあとについてきて、寝室のドアのところからこっちを見ている。

俺は押入れの中にあるじいちゃんのカメラにじっと視線を注ぎ、

「こんなの、夢なわけねえだろ」

低い声でそう言った。

「団地にこもりすぎて、頭お花畑になってんじゃねえのか」

夏芽が「む」と唇を結んだみたいだった。

「航祐～意地張るなって」

これは譲だ。

「仲直りしちゃえば？」

そして、太志。

「ちげえって！」

俺は夏芽たちの方を向くと、声を高くした。

「夢だとか、お泊まりだとか、バカなこと言ってないで、他にやることあんだろって言ってんだよ！」

「何だ？　それ」

首をかしげる譲を押しのけて、俺はまた歩きだした。玄関に向かいながら、

「俺が上で見張りやってやる。いつかは絶対、助けが来る。脱出が先決なんだからな！」

怒鳴るように言い置いてから、４０４号室の外に出た俺は、バンッと思いっきり玄関のドアを閉めた。

……言っとくけどな。

八つ当たりじゃないぞ。譲が言ったみたいに意地を張ってるわけでもない。

あと、昼間、屋上で俺が救助を呼ぼうと、あれこれやったことが全部失敗して、その間、夏芽がここで夜に備えてやってたことが結構正しくて、てきぱきしてて、その……他のやつらに褒められたのが、悔しかったからじゃない。

絶対そんなことない。ないったら、ない。

「ふん……」

部屋を出て、自分のスマホの明かりを頼りに屋上へ向かった俺は、夏芽のあのテントに勝手に入り、中で横になった。

すると、何かと目があった。

テントの中に転がっていた、水色の古いぬいぐるみ。

これ、夏芽のだ。昔からあいつが大切にしていたぬいぐるみ。恐竜っぽいぬいぐるみだけど、じゃあ、何の恐竜なのかと聞かれると、答えに困る。夏芽はティラノサウルスだとか言ってたけど。

「……ふん」

俺はまた鼻を鳴らしてから、体の向きを変え、ぬいぐるみに背を向けた。

そして、心の中だけでもう一度つぶやいた。

俺は意地なんか張ってない。


……というのは、一晩寝て、朝起きて、少し気分が落ち着いた後は、ちょっと無理があるかな、と俺もこっそり思ったりしたのだけれど。

ただ、ゆうべ俺が口にした言葉の一部が正しかったことだけは、翌朝ちゃんと証明された。


「…………」

東の空に太陽が昇っていた。

目を覚ましてテントを出た俺に、まぶしく朝陽が降り注いでくる。

やっぱり、これは夢なんかじゃない。

屋上から団地の外を見渡すと、そこには変わらず、深く青い海だけが広がっていた。

4　ナラハラ

それから四日が過ぎた。

俺は自分の宣言通り、昼間はずっと屋上で見張りをし、周りの海を通りかかる船がいないか、陸がないか、探し続けた。夜は夏芽のテントで寝た。

夏芽や太志たちは元じいちゃん家《ち》、４０４号室に寝泊まりしてるみたいだった。食事の時間になると、令依菜や太志たちが屋上の俺のところにも、お菓子やブタ●ンを持ってきてくれた。夏芽が一緒の時もあった。ただ、俺は夏芽にほとんど話しかけなかったし、夏芽の方もそれは同じだった。

というか、そういうことは今はどうでもいい。

それより問題なのは、水や食糧のことだった。

確かに、夏芽はじいちゃんの部屋に結構な量のお菓子やカップ麺《めん》、飲料水のペットボトルを溜《た》めこんでいた。けど、元々あれは夏芽と、あの、のっぽとかいうやつのために夏芽が持ちこんだものだ。つまり本来は二人分。量に限りがある。

一日目は、全員が一つのカップ麺を食べられた。

二日目は、五つのカップ麺と、三袋のお菓子を七人で分け合った。

三日目は、さらに分ける量が減った。

四日目は、カップ麺もお菓子も数がまた減って……幸い、飲み水の方はまだ余裕があるみたいだけど。

「腹、減ったな……」

のぞきこんでいた双眼鏡から目を離して、俺は自分の腹をさすった。

ここ数日は天気が良かったせいか、Tシャツの袖《そで》から伸びる自分の腕が日焼けしていた。ただ、今もそうだけれど、海を漂流しているこの団地の屋上は、真夏にしてはそこまで暑くなかった。特に、空気がジメジメしてないのは助かる。毎日毎日、三十五度超えの猛暑とかになっていたら、屋上にいる俺はとっくの昔に日射病でひっくり返っていただろう。

屋上に座りこんだ俺は、もう一度、双眼鏡を目に当てた。

見えるのはどこまでも青い海と水平線。しかも、この海、魚もろくにいないらしい。おととい、太志と譲が団地の中にある物を利用して釣り竿《ざお》を作り、糸を垂らしてみたけれど、空振りに終わった。まあ、本当は魚がいないいんじゃなくて、そんな即席の釣り具にかかってくれる間抜けな魚がいないだけかもしれないけど。

とにかく、こんな毎日がこの先も続いたら、俺たち全員、飢え死にしてしまう。
何とかしねえと——。

※

その日も夜になると、俺は夏芽のテントに戻った。

体はくたくただった。しかも、空《す》きっ腹だ。夜は見張りにならないし、体力を温存するためにも、さっさと寝るに限る。

テントに入ると、俺は太志から借りたヘッドライトを点《つ》けた。物をよけて、寝るスペースを作る。と、そこでまた、あのぬいぐるみに目がいった。

ごろりとテントの中で横になり、俺はぬいぐるみを両手で抱えた。

やっぱり何の恐竜なのか、よく分からない形をしたぬいぐるみだった。でも、これを見ていると、じいちゃんが生きていたころを思い出す。ぬいぐるみを楽しそうに抱えた、今より小さい夏芽。その夏芽と一緒に遊んでいる、これまたガキの俺。そして、そんな俺たちのことを穏やかな目で見ているじいちゃん。

もちろん、あのころだって夏芽とケンカしなかったわけじゃないんだけどな……。

でも、今の俺と夏芽みたいな感じじゃなかった気がする。というか、今の俺と夏芽は、ケンカっていう状態とも違うような。むしろ、ケンカのやり方を忘れてしまったっていうか、それを忘れてるから、仲直りの仕方も忘れてるっていうか。

あいつが何を考えてるか、よく分かんなくなったのって、いつからだっけ――。

大して明るくもないテントの中で、俺がぼんやりとそんなことを考えながら、手にしたぬいぐるみを横に置いた時だった。

「航祐くん」

不意の声は頭の上から降ってきた。

「うあっ」

俺は素っ頓狂《とんきょう》な声をあげて飛び起きた。

テントの小窓の向こうに、ぬぼっとした顔があった。光がこっちにあって、あっちは暗いから、顔のあちこちに妙な影が生まれている。ほとんどオバケだ。

俺がじたばたと体を起こすと、そいつは自分でテントの入り口を開け、中をのぞきこんできた。

「はい、あんまりないけど」

そう言って差し出してきたのは、お茶のペットボトルと、ブタ●ンの容器。ただ、容器には麺でもスープでもなく、ポテトチップスだけが入っている。

「な、なんだ。お前か」

無表情なその顔を見て、俺はやっと驚きから立ち直った。

相手はオバケじゃなく、のっぽだった。

脅かすなっつーの。それに、

「腹減ってねえし、いらね――」

けれど、言いかけた時、絶妙のタイミングで俺の腹が「ぐー」と大きく鳴った。

一瞬、俺たちの間で沈黙の時間が流れる。

のっぽは何も言わず、俺の前にペットボトルとポテチの入った容器を置いた。

そうしてから、のっぽはテントの中に散乱している物に目をやった。

この中にあるのは、夏芽の物が多い。ただ、実を言うと、俺があとから持ちこんだ物もある。

その一つが、団地の中で見つけたそれだった。

襖《ふすま》だ。

それも押入れとかの大きなやつじゃない。天袋ってあるだろ？　ほら、和室とかで、押入れほど大きくないけど、物が入れられる長方形の戸棚。あそこを閉じる、ちょっと小さめの襖。もちろん襖として使うために持ってきたわけじゃない。

古くて黄ばんでたけど、黒板やホワイトボード代わりになるかと思って、持ってきたんだ。

「これ……」

のっぽがつぶやき、俺は反射的にその視線の先にある襖を手に取って、表面を隠した。「ああ」と少しぶっきらぼうにうなずいてから、

「俺なりにいろいろ考えてんだ」

今の状況をどうするか。どうしたらいいのか、な。

のっぽの目が今度は俺に向いた。あいかわらず感情の起伏のない声で言う。

「航祐くんの考え、聞かせてほしいな」

別に「お前には関係ねえよ」と答えてもよかった。

だって、やっぱりこいつ、俺の目から見ると、どこの誰だか分からないし。太志たちと違って、友達でも何でもねえし。

けど、

「……まあ、少しだけなら」

結局、俺はそう答えた。

正面からこっちを見るのっぽの目。

あんまりにもまっすぐで、しかも妙に澄んでいた。それを見ていると、どうにも否定の言葉が喉《のど》の奥から出てこなくなってしまったんだ。

隠していた襖の表面を俺はのっぽに見せた。そこには、ここ数日、俺が周りの海を

観察して気づいたことを、ペンで色々書きこんである。

「この四日間で、同じように流されてた建物があったよな？」

最初に見た、あの「船」もそうだった。

いや、今ならもう、あれが船じゃなかったことは俺にも分かる。

あれも多分、俺たちが今いる団地と同じで、何かの建物だったんだろう。それこそ、体育館とかだったんじゃないのかな？

とにかく、この海には、どう見ても船じゃない建物が漂流している。大抵は俺がのぞきこんだ双眼鏡の先、遠くを通りすぎていくだけだったけれど、中には最初に見た建物と同じで、かなり接近してくるものもある。

「いつ帰れるかも分からないし、長期戦も考えて食糧は必要だろ？　魚も釣れねえんじゃ、もう、ここしかない」

言いながら俺は襖の表面を指差した。そこには俺が描いた、漂流する建物の絵がある。おととい、団地の近くを通り過ぎたレストランっぽい建物、昨日、双眼鏡の先で見かけたボウリング場。

「だから、今度近づいた時は――」

そう言葉を続けて、俺はテントの中に置いていた、とある物を手に取った。

それは自転車のハンドルだった。団地の中で見つけたもので、少し表面がさびている。さらに、俺の傍には太い金属製のロープもある。

「これで飛び移る」

「このロープは？」

のっぽがテントの外にも伸びているロープを見て、たずねてきた。

「屋上の電線つないだ。先っぽは落ちてたアンテナ」

言ってみれば、フック付きのロープみたいなものだ。

近づいてきた建物にこれを投げる。そして、向こうの建物に、

「こいつを引っ掛けて、ロープウェイみたいに行くんだよ」

建物と建物の間をつないだロープに、ハンドルでぶらさがりながら、な。

「航祐くん、すごいね」

「別に……実際こええけどな」

そもそも、ちゃんと向こうの建物にアンテナが引っ掛かってくれるのか。いや、ちゃんと引っ掛かったように見えたとしても、俺がハンドルでぶらさがった途端、すぐアンテナが外れたりしないか。不吉な想像はいくらでも頭に浮かぶ。

まあ、仮に落っこちたとしても、下は海だから、死ぬようなことはねえんじゃねえかと思ってるけど。

「…………」

「なんだよ？」

黙りこんだのっぽに、俺は問いかけた。

すると、少し目を伏せていたのっぽは、また俺の顔をまっすぐ見て、

「航祐くんもこっちに来なよ」

「！」

こっちってのは当然、団地の建物の中、つまり夏芽たちのところって意味だろう。

「みんな、待ってるよ」

「今さら……行くかよ」

俺はそっぽを向いた。

のっぽはやっぱり淡々とした口調で、

「一人でがんばってるんだ。夏芽が」

「夏芽？」

「夏芽は不安なんだ。言わないだけで、夏芽も航祐くんを待ってるよ」

「…………」

「夏芽は――」

「夏芽夏芽って」

そこで、俺はのっぽの言葉をさえぎった。

「お前、なんでそんなにあいつのこと分かんだよ」

そうして、ほんの少し視線を元に戻し、のっぽの顔を横目で見る。

「あんなの……俺だって分かんないのに」

というか、俺以外のやつがあいつのこと、そんなに分かるんだとしたら。

それはそれで、なんかちょっとムカつく……。

のっぽがあいかわらずこっちを見ていた。

ただ、その時、今までと少し違うことが起こった。

こっちを向いていたのっぽの顔が、かすかに笑ったのだ。出会ってからこれまで、いつもぼーっとして、顔に表情なんてほとんど浮かべないやつだったのに。

そして、のっぽはこう言って、急にテントの外で立ち上がった。

「やっぱり夏芽には航祐くんが必要だよ」

「なに、えらそーに……おいっ」

でも、俺が呼びかけたとき、のっぽの足音はもうテントから離れつつあった。

辺りがまた夜の静けさに包まれる。

俺はテントの中に転がっていた、あの夏芽のぬいぐるみをもう一度、見た。

必要って──。

じゃあ、どうすりゃいいんだよ？

※

翌朝は、テントの天井を叩《たた》く雨音で目を覚ました。

恵みの雨だった。

今のところ、飲み水はまだあるけれど、この先はどうなるか分からない。雨水でも沸騰させれば飲めないことはないから、溜《た》めておくに越したことはない。

俺はテントの入り口から顔を出し、空を見上げた。

灰色の雲の合間には少し晴れ間も見えた。この分だと、そう長くは降り続かないかもしれない。

——ん？

ただ、その時、俺はあることに気づいた。

団地は相変わらず海を漂流している。

もちろん海も雨模様で、しかも、少し霧が出ていて、遠くが見えにくかった。だけど、そのかすんだ視界の中に、何か大きな影が見えたような気がしたのだ。

テントの外に出て、俺はその影が見えた方向に目をこらす。

今度は間違いなかった。

海を進む団地の向こうから、別の建物が近づいてきている。しかも、あの進行方向なら、このまま進めば、こっちとかなり接近する。

靴を履いて、俺は屋上の端まで走った。

そうすると、建物の影は、よりはっきりと見えるようになった。同時に、

「えっ」

と、俺は口に出してつぶやいた。

「あれって……」

なんか、見憶《みおぼ》えのある建物だぞ。

団地に近づいたその建物は、ゆっくりと海の上を進んでいた。

実のところ、この「ゆっくり」ってのが一番のポイントだ。さっさと通り過ぎるようなスピードで動いている建物だと、さすがに飛び移るわけにはいかない。あっという間に距離が離れて、団地に帰ってこられなくなるからだ。

けれど、その建物が団地に近づくスピードはかなり遅かった。団地が動いていることを考えると、あっちの建物もまた、団地と同じ方向に動いているのかもしれない。

ただし、団地より遅い。だから、団地がじりじりと建物を追い越そうとしている。こ

の状態なら、向こうに移っても、中を漁《あさ》る時間くらいはある。

ロープの端にくくりつけ、重石《おもし》も巻いたアンテナを、俺は両手で持った。屋上の端に立って狙いを定める。

「っと」

一度、投げようとして、うまくタイミングが合わず、俺は体勢を立て直した。そうやってから改めてアンテナを持ち直し、すぐそこまで近づいてきた建物めがけて放り投げた。

「くそっ」

最初はうまくいかなかった。俺が投げたアンテナは向こうの建物にひっかかるどころか、届くこともなく、海にぼちゃんと落ちる。

俺はロープを巻き取り、アンテナを海から引き上げた。

そうやって、もう一度アンテナを構え、さっきの失敗から距離を測った。角度をつけつつ、

「うおりゃっ」

思いっきり投げた。勢いで自分の体まで屋上の外に飛び出しそうになり、あわててこらえる。

アンテナは今度は向こうの建物に届いた。しかも、あっちの屋根の薄い部分、トタ

ンみたいな板に当たったかと思うと、板を破り、建物の中に落ちた。

「や、やった」

俺はそろそろとロープを引っ張った。

引っ張られたロープは途中までこっちに戻ってきた。けれど、ある一点を境に、急にロープを引く俺の手にがつんとした抵抗が加わった。しかも、その先はどれだけ力をこめても、ロープは戻ってこない。

よし！

うまく何かに引っ掛かった。

俺はロープの端をこっちの屋上側で固定した。

海の上をじりじりと進む建物と繋《つな》がった一本のロープ。

さあ、ここからが本番だ。もっと言えば、俺の度胸と運動神経が試される時だ。

「うぅっ……」

自転車のハンドルを手にした俺は、うめき声をあげてしまった。

こうして見下ろしてみると、団地の屋上って、マジでたっけぇ……。

いや、大丈夫、大丈夫。

下は深い海。夏芽もそうだけど、俺も結構、泳ぎは得意だ。落ちたって死にはしない。多分、だけど。

手で下からハンドルを握る。

「いくぞっ」

自分を奮い立たせるために声をあげると、俺はハンドルをロープにひっかけた。両手で下からハンドルを握る。

「うっ……うわあああああああっ」

そして、俺は跳んだ。

ハンドルを握ったまま、宙に踊り出る。一瞬、がくんと体が下がり、腹の底が冷えた。公園にあるロープウェイの遊具のように、ハンドルがロープの上を勢いよく滑り、俺の体もまた斜めに降《くだ》る。がりがりと金属同士がこすれる嫌な音。あっという間に、向こう側の建物の屋根が近づいてきた。……まずい。ちょっと勢いがつきすぎた。このままだと、屋根と激突しかねない。

「わ、あああああああっ！」

叫びながら、俺はなんとか衝突のショックを和らげようと身構えた。自分の体の下に一気に屋根が迫る。

そうして、俺はタイミングを計り、両足のかかとから屋根の上に着地した。それ自体はうまくいったのだけれど、やっぱり勢いがつきすぎた。着地はしたものの、足が踏ん張れない。たたらを踏むように、俺はハンドルから手を放しながら、屋根の上でもう一度、ジャンプした。足の下でメキッという音がする。どうやら建物自体が古くなっていて、屋根も脆《もろ》くなっていたらしい。俺が三度目に跳ねた時、とうとう屋根の板が派手な音を立てて割れた。俺の体がそのまま、板と一緒に建物の内側へめりこむ。いや、めりこんだだけで終わらず、屋根の板がさらにベキベキと割れながら、建物の中へ落ちていった。けど、結果的にはそれで助かった。屋根に穴が空くというより、屋根の一部が内側に向けて剝《は》がれ、めくれるようにして板が割れていったおかげで、落下のスピードもかなり遅くなったのだ。

「っ……！」

俺は板の上から建物の中に転がり落ちた。腰を強く打ったけれど、ケガをするほどじゃない。ただ、落ちた自分の体の上に、屋根の残骸《ざんがい》が追っかけるようにして降ってくるのを見た時は、さすがに顔が引きつった。両腕で頭を覆い、なんとか降ってくる残骸をやり過ごす。

「いてて……」

くっそー。

予定では、もうちょっと華麗に着地を決めるつもりだったのに。

なんか、すげー格好《かっこ》悪い。いや、でも、ケガしなかっただけマシか。

屋根の崩壊はもう止まっていた。

俺は自分の腕の上に載っかった残骸を押しのけて、立ち上がった。

今、俺がいるのはコンクリートの上だった。

といっても、両足の下にあるのは普通の床じゃない。長方形の形で大きく床がくぼんでいる。

そう。

ここはプールの底だ。水の入っていない屋内プール。

空のプールには、色褪《いろあ》せたビート板やワイヤーの切れたコースロープといった、雑多なゴミが散乱していた。ほとんど廃墟《はいきょ》と言っていい。ただ、それでも俺は周囲の景色に見覚えがあった。というより、建物の中に直接乗りこんで、やっと確信した。

俺、ここを知ってる。

「やっぱ、ナラハラのプールだ……」

それは、俺や夏芽たちがもっと小さかったころ、街中で営業していたスイミングクラブの名だった。


これは俺たちの団地もそうだったけれど、館内には電気が通っていなかった。

まあ、こんな海のど真ん中を漂流している建物に、明々とライトが点《つ》いてたら、その方がホラーだけどな。

でも、だからって、暗い館内が怖くないってことにはならない。しかも、周囲は荒れ果てていて、ゾンビ物のゲームさながらの雰囲気だ。

プールから館内通路に出ると、俺はおっかなびっくり薄暗い廊下を進んだ。背中には太志から借りたリュックを背負っている。とにかく、最優先は食糧。あと、団地の方になくて、何か役立ちそうな道具とか。

ぐずぐずしている暇はなかった。

廊下の先にあった部屋に入り、俺は室内を見回してみた。けれど、目ぼしい物は見つからない。

あきらめて部屋を出ようとした時。

ごとり――。

ドアの向こうで、間違いなく物音がした。

そして、今、俺が出ようとしたドアのすりガラスに映る、ぼんやりとした影。

恐怖心が一気に膨れ上がり、俺は悲鳴をあげてドアから飛び退いた。それとほぼ同時に、ギギィと音を立ててドアが開き、誰かが顔をのぞかせる。

「ひいいいいっ」

それは、廃墟となったスイミングクラブを歩きまわる、生きた死体――ではなく、

「あんた、何してんの？」

Tシャツ姿の夏芽だった。

はっ？

「お前、なんで……」

こんなところに？

と、たずねる前に俺にも分かった。

夏芽も団地からこっちに乗りこんできたに決まってる。目的も俺と同じだろう。服が濡《ぬ》れてないところを見ると、泳いで海を渡ったわけじゃなく、俺みたいにロープを使ったんだろうか。

そんなことより、今の、

「このやろうっ。わざとでけえ音、出したなっ？」

「え？　なんのこと？」

夏芽は訳が分からないという顔をした。

「それより、ナラハラに食べ物探しに来たんでしょ？」

「あ、ああ。つか、何でついてきたんだよ？」

「航祐一人じゃ心配だからね。手伝うから、ほら」

つんと言い放ってから、夏芽はそのまま外の通路を早足で歩きだした。

「更衣室なんか覗《のぞ》いてないで、行くよ」

「あ？　ここ、男子部屋だかんな！　待てよ！」

俺はあわてて夏芽のあとを追った。


ロビーの壁には、古い写真が飾られていた。

水泳大会の表彰式の写真だろうか。賞状とトロフィーを手にした選手たちが笑顔で並んでいる。

ここはスイミングクラブの受付があった場所だ。

「この写真、覚えてる……他の部屋も、そのままかも」

そう口にした夏芽が駆けだした。

「こっち！」

ロビーからスイミングクラブの事務室だった部屋の方向へ向かう。事務室の隣には倉庫がある。ドアを開けて、夏芽が倉庫の中に入り、すぐに室内を物色し始めた。俺もならう。

「そっちは？」

「見つかんねえ」

「備蓄食糧とか、どっか――」

戸棚を漁《あさ》っていた夏芽がつぶやいた。

俺は転がっていた段ボール箱を開けながら、

「でも、どういうことだ？　ナラハラって、三年の時にぜってえ壊されたはずなのに」

「そんなことより早く！」

「分かってるって！　でも、普通に気になんだろ！」

言い返した時、俺の腹が「ぐー」と大きな音を立てた。

「もう、こんな時に」

「しょうがねえだろっ」

朝から何も食ってねえし、昨日の夜だって、のっぽが持ってきたポテチだけだったんだから。あんなもんで、育ち盛りの腹が――と、その時、夏芽のお腹も「ぐう」と大きく鳴った。

「！」

これはさすがに恥ずかしかったのか、戸棚を漁っていた夏芽の横顔が赤くなる。

「は、お前だって、腹ぺこじゃんか」

頬を赤くした夏芽が俺のことをすごい目でにらんだ。けど、その後で、夏芽はハッと何かに気づいたように、天井を見上げた。

「そうだ。そんなことより、上に自販機あったよね？」

ん？

「そうか！」

確か二階の休憩室だ。

スイミングクラブの他の場所は飲食禁止だったけど、そこだけはそうじゃなかった。で、そこには飲み物の自販機だけじゃなく、食べ物の自販機も置いてあったのだ。お菓子とか、カップ麺《めん》も買えるような。

「早くしないと！」

倉庫を飛び出した俺たちは階段を駆け上がり、すぐに休憩室に向かった。

「あった！」

俺より先に休憩室に入った夏芽が歓声をあげた。

「ほんとか⁉」

続いて、俺も休憩室に足を踏み入れる。壁際には確かに夏芽の言った通り、何台もの自販機が並んでいた。ただ、休憩室の床には、いくつもの段ボール箱が俺たちの行く手を阻むように高く積み上げられている。いや、段ボール箱だけじゃない。使われなくなった机や椅子なんかも、そこら中に転がっている。

「うわ……って、おいっ。危ねえぞ！」

夏芽が積み上げられた段ボール箱の上によじ登り、壁際の自販機に近寄ろうとしていた。

「大丈夫だって！」

俺の方を一度、振り向いてから、

「ほら、航祐も。こっち」

言いながら、夏芽は段ボール箱を蹴《け》って、先にある別の段ボール箱に飛び移る。

「危ねえって！」

俺はもう一度言った。

夏芽の足の下で段ボール箱がぐらぐらと揺れていた。あの様子じゃ、いつ崩れてもおかしくない。

夏芽がまた段ボール箱を蹴る。けれど、その瞬間、

「あっ！」

そんな声をあげたかと思うと、夏芽がよろけた。段ボール箱と段ボール箱の間で横倒しになっていた机。その机の縁につまずいてしまったらしい。そのまま、夏芽は机の向こうに転げ落ちた。

「うっ……つう！」

「夏芽！」

俺は周囲の物をかき分けるようにして前に進んだ。

「うぅ」

夏芽は自販機の手前で横向きに倒れていた。落ちた時に打ったのか、右のわき腹を左手で押さえている。打撲か？　いや、そっち以上に痛そうなのが、逆の手で押さえている左膝《ひだりひざ》のほうだ。膝からは血が流れていて、すぐ傍にはガラスの割れた写真立てが転がっていた。段ボール箱から落ちた時、破片で膝を切ったのか。

「大丈夫か⁉」

「うぅ……大丈夫」

うめきながら、夏芽はそう答えた。この「大丈夫」は夏芽の口癖と言っていい言葉でもある。でも、どう見ても痛そうに体を丸くしながら、顔をしかめて言われても、まるで説得力がない。

「何が大丈夫だよ、ちょっと待ってろ！」

俺はすぐに自分が背負っていたリュックを下ろした。


今回に関しては、太志に感謝だった。

太志から借りたリュックには未使用の救急セットがちゃんと入っていた。

リュックの中にあった救急セットを使い、俺は夏芽の左膝を手当てした。傷に消毒液をかけ、包帯を巻く。

「痛っ……自分で夢とか言っといて、こんなに痛いなんてね、へへ……」

涙目の夏芽がそんなことを口にして、弱々しく笑った。

俺は包帯を結びながら、

「こんなの現実に決まってんだろ。だから、言ったのに、このバカ」

「バカって……」

「ほら、できたぞ」

包帯を結び終えた俺は、すぐに立ち上がった。夏芽は足じゃなく、わき腹を相変わらず手で押さえている。そっちもまだ痛むらしい。ただ、膝の切り傷と違って、打撲は救急セットじゃどうにもできない。

「時間くっちまった。急がねえと」

ケガをした夏芽はもうあてにできない。

俺は一人で壁際の自販機に近寄ると、ガタガタと両手で揺らした。けど、それくらいじゃ、自販機はビクともしなかった。

「航祐」

「そこで待ってろ。……くっそ」

後ろから呼びかけてきた夏芽の声に応《こた》えてから、俺は足元に転がっていたタイマーを拾い上げた。スイミングクラブで使われていたものだろう。手に取ったそれを、自販機めがけて投げつける。中の商品が透けて見える、自販機のプラスティック部分。そこなら、これでもヒビくらいは入るかと思ったのだけれど、期待は完全に裏切られた。自販機に当たったタイマーは、電池部分の蓋《ふた》が弾《はじ》け飛んで床に落ちた。一方、自販機はまったくの無傷。

「くっ。もう、これなら、俺だけで来た方がよかったよ」

俺は夏芽に文句を言いながら、続けて、床の上に転がっていた金属製のボトルを拾い上げた。この形、水筒か？　いや、何でもいい。

「試合だって、勝手に突っ込んで、ケガするもん……お前！」

言葉の途中でボトルを投げる。

けれど、ボトルもまた、あっけなく自販機に跳ね返された。

俺はさらに大きな物、近くに置いてあった、壊れたヒーターを持ち上げ、

「俺より点取れたって、ケガするやつは使えねえんだぞ、ばあかっ！」

夏芽への文句と一緒に、ヒーターを自販機に投げつけた。ガシャンという派手な音。それでも自販機のプラスティックは割れない。考えてみれば、当たり前か。簡単に割れるようなら、ああいう自販機って、すぐに泥棒の被害にあってしまう。プラスティックって言っても、安い子どものオモチャなんかとは全然違うのだ。

ただ、俺の投げるものはことごとく自販機に跳ね返されたけれど、俺が口にした夏芽への文句は、それなりに効いてしまったらしい。

「う、うぅ……こんのぉ」

そんな怒りの声が背後から聞こえた。同時に、ごそごそと立ち上がる音。

そうして、今度は古いブラウン管テレビを持ち上げようとしていた俺のところに、夏芽が駆け寄ってきた。

「おいっ、動くなよ！」

足、ケガしてんだろうが。

でも、夏芽はまったく聞く耳を持たなかった。俺が持ち上げようとしていたテレビに手を添え、

「一緒だったから、ツートップ張れたんでしょうが！　一人じゃびびってシュートもできないくせに！」

なっ。

「うっせ！　お前なんかいなくてもいけんだよ！」

「人がせっかく助けに来たのに、そういうことばっか言って！」

重いテレビが持ち上がる。けどな、言っとくけど、持ち上げてんのは俺だぞっ。夏芽の力なんて借りてない。

「ぐぐ……ケガ人は黙ってろ！」

「大したことないって！」

俺がテレビを両手で自分の体に引き寄せようとすると、夏芽も負けじと反対側からテレビを引っ張った。

「いいから、俺がっ……あ！」

無理やり夏芽の手からテレビを奪おうとしたところで、俺はバランスを崩した。テレビの重さに耐えきれず、床に落っことしそうになる。それを夏芽の手が支えた。

「くっ、これだから、航祐一人じゃ……」

「俺だってなあっ」

「うあああああっ！」

最後は言い争いをしながら、二人でテレビをぶん投げた。ヒーターを投げた時よりさらに派手な音が、薄暗い休憩室に響き渡る。

「はあ、はあっ」

「ほらっ！　ここは力を合わせるところでしょ！　ガキンチョがっ」

「いつまでも姉貴ヅラすんな！　俺だって」

「俺だって、なにっ⁉」

なおもケンカしながら、俺たちは次に投げるものを探した。確かに、二人でならテレビを投げられたが、自販機のプラスティックを割ることはやっぱりできなかった。

「航祐はガキンチョだからっ、人の気持ちも知らないで！」

「団地に引きこもってるほうがガキンチョだろっ！」

今度は三段重ねの棚だった。鉄製でテレビより大きい。

さすがにこればっかりは俺も一人で持とうとしたりせず、夏芽と二人で腰を落とし、
棚の縁に手をかけた。

「こっちこそぉ、心配してやったのにぃっ」

腕に力をこめ、真っ赤になって俺が言うと、夏芽も同じように踏ん張り、

「余計なぁ、お世話だよぉ！」

相手への文句がそのまま掛け声になって、棚を持ち上げる。

「どっちがっ。いいからっ、やる、ぞおおおおっ！」

「うあああああっ」

そして、力任せに放り投げた。

ガシャンッという、またまた大きな音。

けど……くっそ！

これでも、ダメなのかよ。

棚はちゃんと自販機のプラスティック部分に当たった。でも、プラスティックは割

れない。さすがに傷はついたみたいだけど。

「ダメだ……くそ！」

「うぅ」

俺と夏芽が失望の声を漏らした時、遠くから別の誰かの声が聞こえた。

「航祐ええっ！」

「夏芽ええっ！」

ハッとして、俺は声のした方向を振り返った。

「あっ」

休憩室の窓だった。

割れた窓ガラスの向こうに、俺たちの団地が見えた。一階のベランダで、太志たちが手を振って、こっちを呼んでいるのが見える。

「あいつら」

俺は窓に駆け寄った。すると、太志や譲が、

「早く戻ってこおおいっ！」

「離れてってるぞおおっ！」

二人の言う通りだった。

俺から見て、団地はゆっくりとだけど、右に動いていた。スイミングクラブの建物

を団地が追い越し、二つの建物が離れようとしている。

俺は唇を噛《か》んだ。

と、その時、背後でまたガンッという音がした。

夏芽だった。さっき俺が使ったタイマーを手に持って、自販機を叩《たた》いている。

俺は傍まで走って戻り、夏芽の手をつかんだ。

「もう無理だ！　戻れなくなるぞ！」

「いや！」

夏芽は身をよじって抵抗した。

「夏芽っ！」

俺が夏芽の腕を握る手に力をこめた瞬間、逆に夏芽の体から力が抜けた。床の上に崩れ落ちる。

うずくまった夏芽が悔しげな声でつぶやいた。

「うぅ……こんなんじゃ、みんな――」

俺は昨日の夜、のっぽに聞いた言葉を思い出した。

――一人でがんばってるんだ。夏芽が。

「大丈夫だって」

俺は夏芽の背中に手を置いた。

「飯はまた、なんとかなるって」

さっきまでとは口調も声色も変えて、夏芽に言う。

床に伏せていた顔を上げて、夏芽が俺のことを振り仰いだ。

俺は夏芽の背中から手を離すと、今度は逆の手を夏芽に向けて差し出した。

「な？　一緒に団地に帰ろう」

夏芽が胸を衝《つ》かれたような顔をした。そして、差し出した俺の手を、おずおずと握ろうとする。

けれど、その手は途中で止まった。

そうしてから、夏芽は顔の表情を隠すようにまた下を向くと、

「──航祐のくせに」

そんなことを言いながら、立ち上がった。いや、立ち上がっただけじゃなく、夏芽は俺の頭の上にぽんと自分の手を置いた。俺の髪をわしゃわしゃとかき回しながら、ちょっと笑いを含んだ声で、

「言われなくても、分かってるよ」

「わっ、やめろ！」

俺は夏芽の手を振り払った。

「もう、人がせっかくなあ──」

だが、笑みを浮かべた夏芽に俺が食ってかかろうとした時だった。

突然、「バタン！」という音が聞こえた。

ドアだ。

休憩室のドアがいきなり閉じたんだ。

「ひっ」

突然のことに、俺は小さく悲鳴をあげた。すると、ドアの向こうでさらに、タッタッタッと誰かが走るような音がした。

「なっ。だ、誰かいるのか!?」

その俺の声に反応したわけでもなかったんだろうけれど。

今度はドアのそばにあった机の上から、何か大きな袋のようなものがドサリと落ちた。そんなもの、俺たちがあのドアから休憩室に入ってきた時には置いてなかったはずなのに。

「あ……」

俺と夏芽は同時に声をあげて、それを見た。

リュックのようだった。

しかも、フロントポケットの表面に「非常持出袋」と「食料用」の文字が並んでいる。

「急げぇっ」

「早く早く！」

「熊谷ぁ！」

団地の一階にあるベランダから太志や令依菜たちが叫んでいた。

ベランダの手すりには長いロープが結びつけられている。そのロープの端に重石《おもし》をつけて、太志たちが俺や夏芽のいるナラハラ側にロープを投げてくれた。

団地へとつながるロープを持ち、俺と夏芽は互いの顔を見合わせた。

言葉はない。

けれど、しっかりとタイミングを合わせて、俺たちは一斉に海へ飛びこんだ。

ロープを頼りに海を渡り、何とか団地のベランダに手をかける。

手すりを乗り越え、ベランダに降りると、太志たちが歓声をあげた。

「夏芽、やるな！」

「大丈夫!?　熊谷」

俺と夏芽は荒い息で、それに応《こた》えた。

そして、ほぼ同時に立ち上がると、たった今、自分たちが渡ってきた海の方角を振り返った。

朝方の雨はすっかりあがっている。

晴れた空の下で、ナラハラ・スイミングクラブの建物が、静かに団地から遠ざかりつつあった。

interlude 2　プールにて

　プールサイドに座り、少女は楽しそうに足をパタパタと交互に振り上げている。

　水ではなくゴミだけが散乱するプールにはもう、ここがナラハラと呼ばれていたころの面影はほとんどなかった。それでも少女はこの場所が好きだった。こうしてプールサイドに座っていると、思い出はいつでもよみがえってくる。館内いっぱいに響いていた子どもたちの歓声、水しぶきの音。笑う子もいれば、泣く子もいた。人が集まる場所というのは、そういうものだ。そして、その全てが、少女にとっては宝物のようにキラキラと輝いていて、今も色あせない。

　——さっき来た、あの子たちもそうだったな。

　そんなことを少女は思う。

　確か、先に息継ぎを覚えて、プールの端から端まで泳げるようになったのは、女の子の方だった。運動神経が良くて、明るくて、でも、時々さびしそうな目をすることもあった女の子。

男の子の方は、息継ぎを覚えるのが女の子より遅かった。その代わり、女の子より早く平泳ぎを覚えた。かなりの意地っ張りで、素直に謝ることがとても苦手で、そのくせ、誰かが本当に困っていると、ちゃんと手を差し伸べることができる男の子。

二人とも、どうしてこんなところにやってきたのか？

それは少女にも分からない。

分からないけれど、どちらも無事でいてほしいと思う。

あの二人もまた、少女にとっては大切な思い出の中にいる、かけがえのない子たちなのだから。

「あーあ」

足をばたつかせながら、少女はやはり楽しそうにつぶやいた。

「早く私も平泳ぎできるようになりたいなあ」

廃墟《はいきょ》となったプールに少女の声はこだまし、やがてフッと消えた。

5　団地の少年

非常持出袋を逆さにすると、どさどさと中身が出てきた。

「わあ、すっげえ！」

太志が興奮気味に目を輝かせた。いや、太志だけじゃない。譲や珠理たちも、驚きと喜びが入り混じった声をあげる。

場所は１０４号室の居間。

畳の上に落ちたのは、長期保存のきくアルファ米や乾パン、シチューの缶詰といった非常食の数々だった。

「あんたたち、どうしたの？　これ」

令依菜に聞かれて、俺は「まあ、な」と少しあいまいに答えた。正直なところ、この非常持出袋、俺や夏芽が自力で見つけたとは言えない。あの時、向こうの建物にいた誰かが、俺たちのことを助けてくれたような気がする。今となっては確かめようもないけど。

「米ざんまい！」

太志がレトルトの五目ご飯を手にして、はしゃいでいた。

令依菜は別のレトルト食品を引っくり返して、

「うわ、賞味期限ぎりぎり」

「こっちは消費期限切れてるけど、きっと大丈夫だよ！」

珠理が弾んだ声でそんなことを言う。ま、大丈夫っていうか、そこを気にしてる余裕、俺たちにはないんだよな。食べなきゃ死ぬ。だから、無事なことを祈りつつ食べるしかないってこと。

「チビガキ、あんた、毒見しなさいよ」

「なんだとぉ」

なおもワイワイ騒いでる令依菜や太志の横から、譲が俺の顔を見上げて、こんなことをたずねてきた。

「なあ、あれ、ナラハラだよな？」

「ああ」

俺がうなずくと、今度は太志が、

「小四ん時にはなかったよな？　あっちも流されたんかな？」

「んー」

この質問には俺も答えられなかった。小四の時というか、俺の記憶だと、ナラハラは小学三年生の時に取り壊されたはずだ。その建物が、なんだって漂流してるのか？ほんと、どうなってんだ？　この海は。

「！　夏芽ちゃんっ。その足、大丈夫!?」

突然、大きな声をあげたのは珠理だった。夏芽の左足の怪我に気づいたらしい。

「血が……」

「うーん、ちょっと転んだだけだから」

夏芽は笑って、怪我した足を軽く上げてみせた。

「へーきへーき」

俺の目には痩《や》せ我慢のようにも見えたけれど、これを聞くと、珠理の方はホッとした顔になった。

「良かった……。夏芽ちゃん、ほんとに格好《かっこ》いいなあ。ガッツがあるっていうか。――ね？　令依菜ちゃん」

「えっ!?　わ、私にふらないでよ」

水を向けられた令依菜は目を白黒させてから、ぷいと横を向く。

「どうせ、熊谷が頑張ったんでしょ」

「いや、俺は……」

令依菜の言葉を俺が否定しようとしたら、笑顔の夏芽が横からこう言った。

「うん。航祐のおかげだよ」

「！」

「おっ」

と、太志が口を挟んだ。

「じゃあ、仲直りってことで」

「いや、仲直りとかそういうんじゃ……」

「こ～すけ～」

「熊谷くん」

俺があわてると、今度は譲と珠理に注意されてしまった。

「熊谷、こっちに来なさいよ。そいつのことはいいから」

令依菜だけはそう言うけど、これも珠理に「令依菜ちゃん」とたしなめられて、バツが悪そうに首をすくめる。

「――夏芽も」

不意に、それまでずっと黙っていたやつが口を開いた。

のっぽだった。

「いいよね？」

問われた夏芽はのっぽを見返してから、小さくうなずいた。

そして、俺に笑顔を向けると、

「航祐、こっちの部屋に来なよ」

……う。

ここまで言われて、あーだこーだ駄々をこねたら、俺、完全にガキだよな——。

「……まあ、そうだな」

俺は夏芽の笑顔を正面から見ないようにしつつも、そう答えた。

譲や珠理がくすりと笑う。令依菜だけはなんだか不満そうだ。

そして、太志はにこにこ笑っていたけれど、こっちは急に何かを思い出したような顔になって、

「あ、そうだ、航祐！　大発見！」


太志が俺たちを連れていったのは、団地の屋上だった。

「さっき見つけたんだ」

そう言って、太志は俺に双眼鏡を渡す。

「ほら、見えるだろ？」

太志の言葉の意味は、俺にもすぐ分かった。

双眼鏡のレンズの先に見えていた水平線。

だが、その一部、俺たちの団地が進む方角のはるか先に、今は水平線じゃないものが浮かんでいる。

陸地だった。それも島なんかじゃない。

建ち並ぶ家々、マンション、駅や小学校の校舎。

どれもこれも見憶《みおぼ》えがある。

「ほんとだ。給水塔も見える！」

双眼鏡をのぞきこみながら、俺は興奮を抑えきれずに叫んだ。

「俺たちの街だ！」

「だろぉ？」

と、太志の得意げな声。

「マジで⁉」

令依菜も珍しく素直に喜びを口にした。

「おおおっ」

「帰れるんだね」

これは譲や珠理。

「このまま進んでけば、ぜってえ……」

双眼鏡から目を離してつぶやく俺の横から、太志が手を伸ばしてきた。

俺の首を右腕で抱えこみながら、太志は屋上の端から身を乗り出し、

「うっしゃあああっ！」

「うおっ、落ちる！　落ちる！」

危うく海に飛びこみそうになった。


「街、消滅してなかったな！」

「やっぱり俺らだけ流されたんだよ」

「パパとママ、怒ってないかなあ」

「早く帰って安心させてあげたいね」

階段を下りていく太志たちの声が明るい。

気分が弾んでいるのは、俺も同じだった。

この海に建物が漂流している謎は、やっぱり分かんねえけど。

とにかく、自分たちの街がちゃんとあった。しかも、団地の進行方向に、だ。帰れると思っただけで、謎とかそういうのもあんまり気にならなくなる。

食糧も手に入ったし、ほんと万々歳だ。

太志たちのあとに続いて、俺は軽い足取りで階段を下りた。

けど、そこへ、

「あ、航祐」

四階にたどりついたところで、先を歩いていた夏芽が振り返った。

太志たちはもう部屋の中に入っている。

「あ？　なんだよ？」

階段の途中で立ち止まった俺がたずねると、なぜか両手を後ろに回した夏芽は、ためらうように視線を下に向けた。そうして、夏芽は俺のところまで戻ってきて、

「航祐、これ」

「っ」

俺は目を見開いた。

後ろ手に何かを隠していた夏芽が、その隠していたものを自分の前に持ってきた。

それは銀色のフィルムカメラだった。この間、夏芽と言い争いになってしまった、じいちゃんのカメラ。

「お前……」

「これね」

口を開いた俺の声に被《かぶ》せるようにして、夏芽が言った。

「安じいから航祐にって」

「え」

安じいっていうのは、俺のじいちゃんのことだ。夏芽はじいちゃんが生きていたころ、そう呼んでいた。

「その……安じいと二人で話してたんだ。航祐の誕生日にサプライズしようって」

「誕生日って――」

俺は息を呑《の》んだ。

「もしかして、『あの日』か？」

夏芽は「うん」と小さくうなずいた。

「ずっと欲しがってたでしょ？」

「……お前ら、グルだったのか」

言い方に迷ったあげく、そんな責めるような言葉が俺の口をついて出てしまった。

でも、違う。そんなことが言いたかったわけじゃない。むしろ、後悔と自分を情けなく思う気持ちが、どんどん俺の中で膨れ上がってくる。

このカメラのことで、夏芽にひどいことを言ってしまったのはもちろんだけど。

あの日は――。

「でもさ」

と、夏芽が今度は少し沈んだ声で話を続けた。

「航祐の思い出になるはずだったのに、私が二人の間に入っちゃってさ。家族でもないのに……ごめんね」

その夏芽の言葉が一番、俺にはこたえた。

夏芽が俺に向かってカメラを差し出している。

「……お前が謝んなよ」

カメラを手にせず、俺は小声でつぶやいた。

夏芽が「え?」と聞き返してくる。

「俺だって……俺の方が……その、あんとき……ぎ、ぐ、う、うぅ」

「航祐?」

「いや!」

そして、大馬鹿な俺はまた機会を逃した。

目の前にいる夏芽に、

「知らね! なんでもねえっ!」

言い放つと、俺は夏芽の横を早足で通り過ぎて、みんながいる部屋へ向かう。

もちろん、カメラは受け取らないままだ。

「えっ、ちょっと！　ここは受け取っとくもんでしょ⁉　待てっ、航祐ーっ！」

夏芽の憤慨した声が団地に響き渡った。

※

——謝ってこい。

あの時、じいちゃんはすごく厳しい目をしていた。

俺が十二歳になった誕生日。

その少し前にじいちゃんは団地で倒れて、入院していた。

俺と夏芽は連れ立って、その日、じいちゃんのお見舞いに行ったのだ。

「今日は誕生日でしょ？　安じいから何かもらえるかもね～」

「なんだよ、それ。じいちゃんとなんか企《たくら》んでんな？」

「ないしょ～」

たわいない話をしながらも、夏芽はじいちゃんの病室に入るのを怖がってるみたいだった。

無理もないと思う。じいちゃんが倒れた時、あいつはめちゃくちゃパニックになっていたから。もちろん、俺だって怖かったけど。

「…………」

だから、じいちゃんの病室の前で立ち止まってしまった夏芽に向かって、俺はついこう言ってしまった。

「ま、お前のじいちゃんじゃないんだし。そんなにビビんなよ」

悪気があったわけじゃない。

……というのは言い訳なんだろうな。

でも、俺としてはやっぱり、そこまで深く考えて口にした言葉じゃなかった。夏芽に「怖がることねえよ」って言いたかっただけだった。

だけど、これを聞くと、夏芽はひどくショックを受けた顔をした。

「そう……だよね。航祐のおじいちゃんなんだし。私の……」

そんなことをつぶやき、夏芽はじいちゃんの病室の前から走り去ってしまった。

「お、おい」

そして、訳が分からず呼びとめる俺の前で、今度は病室のドアが開いたのだ。

「航祐」

病室から出てきたのは、じいちゃんだった。

多分、俺と夏芽の会話をドアの向こうで聞いていたんだと思う。

「じいちゃん」

「謝ってこい」

「え……」

「早く……謝ってこい！」

顔色が悪く、苦しそうな表情を浮かべたじいちゃんに厳しく言われ、俺はやっぱり訳が分からないまま、夏芽の後を追って走り出した。

でも、結局、あの時、俺は夏芽に追いつけず、謝ることもできず。

そして、じいちゃんは俺が夏芽を追いかけている間に、容体が急変して亡くなった。

——謝ってこい。

俺が最後の最後、じいちゃんの口から聞いた言葉。

なのに、俺ときたら、あのころも今も……くそ。

ほんと、情けねえ……。

※

先が見えると、気持ちも変わる。

ナラハラでたくさんとは言えないまでも、一応、食べ物を確保できたこと、そして、団地の進む先に自分たちの街を発見したことは、俺たち全員にとって、やっぱりすごく大きかった。

「久々の米、最高！」

「うめーっ！」

あと何日かここで過ごせば、きっと家に帰ることができる。

そんな気分がみんなに広がり、そうなれば、漂流生活の空気だって当然変わった。

あの令依菜でさえ、軽口を叩《たた》けるようになったほどだ。

そして、俺と夏芽も少しだけ昔みたいに話せるようになった。

「あーもう、人のテントの中、こんなに汚して」

「汚してねえよ。最初から散らかってただろ」

「ま……元々は安じいが私らに買ってくれたテントだもんね」

じいちゃんがまだ生きていたころ、冗談を言い合って。時々、ケンカにまではいかない言い争いをして。

お互い、相手と話すのに身構えたりなんかしなかった、あのころみたいに。

けれど、そんな時だ。

また事件は起こった。

「なんだよ～。ずっと一緒だったのに、夏芽んとこで寝ないのか？」

「それは低学年の時だってのっ！」

夜。

４０４号室の居間で馬鹿なことを言ってきた太志に、俺は猛然と言い返してから、すぐ傍にある柱に目をやった。部屋の古い柱。昔、俺と夏芽が自分の身長を測った時につけた印がまだ残っている。

今見ると、ちっちぇえのな。どっちも。

そんなことを俺が内心でつぶやいていたら、隣の部屋で珠理と並んで横になっていた令依菜が声をかけてきた。

「熊谷、どこで寝るの？」

「考え中」

「じゃあ、別にこっちでも……」

令依菜が言いかけたところで、俺は立ち上がった。

「しょんべん行ってくる」

「ちょっとぉ、閉めてよ～」

後ろで令依菜が文句を言うのを聞きながら、俺は玄関から４０４号室の外に出た。

水道が通っていないから、部屋のトイレは使いにくい。令依菜は最初嫌がってたけど、簡単に流せるのはやっぱり海だ。

この季節、普通は家の外に出ると、虫の音くらい聞こえる。

でも、この漂流中の団地だと、そういうのはほとんど聞こえてこなかった。

実を言うと、草は生えてんだけどな、この団地。

古いから、建物の屋上や壁にはひびが入っている。そういう隙間から、ちょこちょこ雑草が顔を出してたりするんだ。ただ、虫はあんまりいないらしい。

簡易ランプで照らされた４０４号室と違って、外は薄暗かった。けど、真っ暗というほどじゃない。

階段から見える外の空。

すっきりと晴れたそこに、たくさんの星がきらめいていた。

星明かりを頼りに俺は階段を下りた。そして、三階の踊り場のところで、そいつの後ろ姿を見つけた。

「…………」

のっぽだった。

こっちに背を向けて、踊り場に立っている。

のっぽが着ている服はいつもの短パンと、長袖《ながそで》のシャツだった。前から思ってたけど、あいつ、下はともかく、上はあれで暑くねえのかな？　昼間、俺たちが海の水を利用して水浴びしてた時も、あいつは一人、服を着たままで参加してなかったし。

そんなことを考えながらのっぽに近づこうとしたところで、俺はハッと足を止めた。

こちらに背を向けたのっぽが、自分の左腕を逆の右手でさすっていた。

それも、長いシャツの袖をまくって、だ。

「!?」

一瞬、俺は自分の目を疑った。

シャツの袖がまくられたのっぽの左腕。

そこに異様なものが見えた。緑色のコケや葉っぱみたいなもの。最初はのっぽの手がコケや葉っぱを持っているのかと思った。でも、違う。コケや葉のようなそれは、どう見ても腕から生えているのだ。腕の色だって、一部が普通じゃない。人間の肌と同じ色をした部分もあるけれど、そうじゃない箇所がある。まるで古くなったコンクリートが変色したような、青緑色の肌——。

「どうしたの？」

声を失くした俺の前で、のっぽが振り返った。

その腕はまたシャツの袖で隠されていた。

いつもとまったく変わらない、のっぽの無表情な顔。

それを見て、俺はやっと我に返った。

「しょんべんだよっ」

必要以上に強い声で返事をする。何も見てないぞ、っていう風を装いながら。

「そう」

のっぽが抑揚のない声でつぶやいた。

俺は大股《おおまた》でその横を歩き、団地の一階へ向かった。

胸の内で、さっきのは見間違いだったのか？　いや、そんなわけねえ、と何度も自問自答を繰り返しながら。


翌日のことだった。

「ついに草を食う日が来るとは……」

ちゃぶ台の上に並べられたものを見て、譲が少し肩を落とした。

今日の朝飯は、ナラハラから持ち帰ったアルファ米のおにぎりと、そして、珠理が団地内で見つけてきた「食べられる草」だった。意外なんだけど、珠理はそういうことにくわしいらしい。

「いつまで、こんなちっちゃいの続くの～」

これは令依菜の愚痴。確かに、食べられる草の方はともかく、おにぎりの方は決して大きくない。でも、これぱっかりはしょうがなかった。ナラハラから持ち帰ったアルファ米は大量にあるわけじゃない。先を考えて、セーブしておくのは正しい。

「令依菜ちゃん、備えあれば憂いなし、だよ」

「は?」

珠理の言葉に首をかしげる令依菜の横から、太志も口を出した。

「備えあれば、火の用心だろ?」

「はあ?」

「なんだそりゃ。意味、一緒じゃない?」

と、譲。

俺はそんなみんなの会話を聞き流し、ずっとうつむいていたのだけれど、やがて我慢ができなくなって顔を上げた。

「のっぽ」

ちゃぶ台を挟んで、自分の反対側に座っているのっぽのことを、真正面から見据える。

「お前、何者なんだよ?」

昨日の夜、あれを見た時から考えていたことだった。

のっぽのあの姿は何なのか?

俺はいったい何を見たのか？

「なに？　航祐」

のっぽの横から夏芽が少し驚いたような顔で問い返してきた。

俺は夏芽には目を向けず、

「昨日お前の腕を見たんだよ。なんか出てた」

「出てた？」

令依菜が怪訝《けげん》そうに俺の言葉を繰り返した。

俺はさらに言った。

「昔住んでたって……俺だって、この団地にずっといたから、お前みたいなのいたら、知ってるはずなのに。そんなデカくて、短パンはいてたら」

「航祐ぇ」

譲が少し顔をしかめて割りこんできた。

「人の格好のことを言うもんじゃゃ――」

だけど、その譲をさえぎって、

「僕はずっとこの団地にいる」

のっぽが閉ざしていた唇を開き、ぽつりとそんな言葉を口にした。

「ずっと？」

「この団地ができた時から」

俺にたずねられて、のっぽはやっぱり静かな口調で答えた。

「たくさんの人がここに来て、赤ちゃんが生まれて、いつも子どもたちがいっぱいで……でも、みんな、いなくなっていって。ずっと……見てきた」

「ちょっと。意味分かんないんだけど」

令依菜が不審そうな顔をした。

「あんた、いったい何歳な……ひいいいいっ！」

でも、その声は途中で悲鳴に変わった。

当然だ。

のっぽが令依菜の言葉を聞きながら、自分のシャツの袖をまくりあげたからだ。

そこには俺がゆうべ見たものとまったく同じ、コケや葉っぱの生えた腕があった。

青緑色に変色した肌。

「うおあああっ！」

譲や太志が叫びながら立ち上がった。いや、太志は立ち上がるついでに、そのまま目の前のちゃぶ台をひっくり返した。俺の顔面にちゃぶ台が思いっきりヒットする。

「うぼっ……」

たまらず俺はちゃぶ台に押し倒されるようにして、後ろにひっくり返った。

「よ、妖怪《ようかい》葉っぱ人間っ！　そ、そうだっ、オバケだあっ。のっぽがこの団地のオバケだったんだあっ！」

「うそだろ⁉」

「ひいっ、殺さないで！」

俺のことなんてまるで構わず、太志と譲が騒ぎ続けている。

「くっ、このやろ」

俺は自分の上に載っかったちゃぶ台を両手で払いのけながら、

「お前！　オバケだかなんだか知らねえけど！　この訳分かんねえ状況も知ってんだろっ？　なんで俺たち、こんな海にいんだよ⁉　なあっ？」

「僕は……」

と、のっぽが初めて目を伏せた。

「僕は自分のことしか分からない……。ごめん」

「ほんとかよっ？　もしかして、お前のせいでっ」

「航祐！」

腰を浮かして口を挟んできたのは夏芽だった。

「のっぽくんは本当に知らないんだよ！　のっぽくんのせいなんかじゃないって……それに、今まで一緒に暮らしてきた同じ仲間なのに」

のっぽの異様な左腕を見ながらも、夏芽はそう言ってのっぽのことをかばう。

いやいや、待てって。

あの腕を見ても、まだそんな――。

「同じ仲間って」

俺の気持ちを代弁するように、令依菜が横から話に加わってきた。その目が今度は怒りと嫌悪感で吊《つ》り上がっている。

「本気で言ってんの？」

「え……」

と、夏芽が気圧《けお》されたようにつぶやいた。

令依菜はのっぽの左腕を指差しながら、

「それ、普通じゃないでしょ。化け物じゃん」

「そんな言い方しないでよ！」

「それに暮らしてきたってさ、ままごとのつもりなわけ？　そもそも、あんたがこんなボロ団地にこもってたから、私ら巻きこまれたってこと、忘れてないよねっ⁉」

令依菜の口調がさらに激しくなり、夏芽は口をつぐんだ。

「あんたが悪いんだよっ？　帰れそうだからって、許したわけじゃないんだからね！　なあ～にが、一緒に暮らしたんだか。最悪よ！　こんなきったない場所で……」

いや、それはいくらなんでも言いすぎだ。

俺がそう思ったとき、突然、今までの誰よりも大声で、令依菜のことを叱ったやつがいた。

「令依菜ちゃんっ！」

珠理だった。

「そういうこと言っちゃダメっ！」

いつもはどっちかっていうと大人しい珠理の剣幕に、俺もさすがに驚いた。けど、令依菜の方はもっとだったらしい。

目を見張って、珠理のことを見ている。

珠理も目をそらさない。

すると、令依菜はハッとしたような顔になると、今度は決まり悪そうに唇をへの字にした。ただ、珠理の言葉に反発したりはしない。きっと自分でも、さっきのは言葉が過ぎたって思ったんだろう。ちょっと拗《す》ねたような視線を珠理に向けてから、横を向く。

ほんの少しの間、室内が静まりかえった。

そんな中で、太志がのっぽに近づいた。

座ったままののっぽの前に立った太志は、何を思ったのか、いきなりその頬に両手を伸ばした。

　のっぽの頬を手でつまんで、思いっきり左右に引っ張ると、

「痛いか？」

　そんなことをたずねる。

「……ん」

　頬を引っ張られたのっぽは、うまく話せなかったらしく、頭をほんの少し縦に振ってみせた。

　すると、太志はのっぽから手を放し、

「俺、やっぱり怖くないかも。のっぽって、デカいけど、多分いいやつだよ」

　言いながら、太志は笑顔でのっぽの背後に回った。たった今、自分がつねった頬を「すまんすまん」とでも言いたげに両手で撫《な》でている。

　俺はちょっとあきれて、

「お前なあ……」

「なんだそりゃ。じゃ、俺はどうなるんだよ？」

　譲に聞かれて、太志はきっぱりと答えた。

「譲もいいやつ！」

　今度は珠理が立ち上がって、のっぽに近寄った。

のっぽの前で膝《ひざ》を床につき、正面からその目をのぞきこむ。

「私、怖いのは苦手……。だけど、のっぽくんは優しい目をしてるもん。のっぽくんは悪い子じゃないよ」

これを聞いて、ホッとしたような顔になったのは夏芽だった。

うん、と珠理に向かってうなずいてから、俺たち全員を見て、

「みんな一緒だよ。ね？」

「うん」

珠理がうなずき返し、太志や譲も笑ってそれにならった。

「……ふん」

令依菜だけは不満そうに鼻を鳴らした。ただ、こっちもそれ以上、のっぽや夏芽を責めるような言葉は口にしなかった。

俺はもう一度、のっぽの顔をじっと見た。

「航祐」

夏芽が横から「もういいじゃん」とでも言いたげに声をかけてくる。

俺は小さくため息をついた。そして、

「本当に何も知らないんだな？」

と、のっぽに念を押した。

のっぽはいつもは無表情な顔に、少しだけ申し訳なさそうな表情を浮かべて、

「ごめん」

と、言葉を返してきた。

俺はもう一度ため息をついてから、肩の力をぬいた。

「もう隠しごとはなしだからな」

それで話は終わりだった。

太志と譲が楽しそうにまた笑い、

「おしっ、食べようぜ！」

「って、俺のおにぎりがあ！」

そりゃ、ちゃぶ台がひっくり返ったんだから、おにぎりだって、ご臨終してるに決まってる。

「まだいける！　三秒ルール！」

「焼いてみよっか？」

太志と夏芽の言葉に、令依菜が「原始人……」とつぶやいた。

※

昼過ぎになって屋上に出てみると、空には結構、雲がかかっていた。

今はまだ大丈夫だけど、そのうち雨になるのかもしれない。また雨水、溜《た》めておかないとな。

屋上には俺だけじゃなく、夏芽たちもいた。太志や譲は遊んでいるけれど、珠理は令依菜の横で、屋上のひび割れた部分に生えた雑草の中から、食べられそうな草を探している。

そして、夏芽は屋上に座りこみ、海を見ているようだった。

夏芽の膝の上には、あの水色のぬいぐるみが載せられていた。

「そのぬいぐるみには、何か思い出があるんだね？」

そんな言葉と一緒に、夏芽の傍に近寄ったのはのっぽだった。

「え……うん」

少しぼんやりしていたらしい夏芽は、のっぽの方を振り返って、小さくうなずいた。

「私がちっちゃい時ね、安じいが買ってくれた子。あの時、ずっと欲しくて、でも、なんか我慢してたんだ。どこで知ったんだか、誕生日に買ってきてくれて……。安じいはいつも私を驚かそうとしてさ。だから、宝物だよ」

「夏芽は安じいが大好きなんだね」

「……うん。私にとって、お父さん代わり、だったのかな」

聞くとはなしに二人の会話に耳を傾けながら、屋上を歩いていた俺は、思わず足を止めそうになった。けれど、なんとかこらえて、夏芽とのっぽの後ろを通り過ぎる。

「うわ……人んちのおじいちゃんなのに、ちょっと気持ち悪いね……」

そんな風に夏芽がつぶやくのが、また聞こえた。

空を渡る風が今日は少し湿っている。

やっぱり天気が崩れていくのは間違いないようだ。

屋上の端で足を止め、俺もまた海に目をやった。すると、少し離れたところから、草探しをしている珠理と令依菜の会話が聞こえてきた。

「今ごろ、パパとママとランドだったのにな……」

「令依菜ちゃん、ほんとに遊園地好きだよね」

「ガキっぽいって言いたいんでしょ。別にいいじゃん。あたしの思い出、全部詰まってるんだもん」

へえ。

そうなのか。

「同じ、じゃないかな？」

珠理が明るい声で、そんなことを口にした。

「え？」

「夏芽ちゃんにとっては、ここが思い出の詰まった大切な場所なんだと思うよ」

…………。

「……冗談じゃないよ、こっちはね」

ちょっとだけ間を置いてから、令依菜がうんざりしたように言う。

すると、珠理は、

「あのね、私、令依菜ちゃんに謝りたいの」

「え、なに？」

「私、口ばっかりでしょ？　ズカズカ行動できる令依菜ちゃんに隠れてばっかりでさ」

「ズカズカってね……」

「色々言ってゴメンね。私、もっと頑張る」

令依菜が口を閉ざして、沈黙したみたいだった。

けれど、すぐに、

「珠理、絶対一緒に帰ろ」

いつもキャンキャンうるさい令依菜にしては、珍しく真剣な声だ。

「んで、フロリダ連れてってあげる」

「……うん！」

珠理がうれしそうに返事をしていた。

そして、令依菜の声がまた言った。

「あーあ、いつになったら帰れんのよ。あれさあ、ほんとに近づいてんの？」

あれ、っていうのは多分あれのことだろう。

海の上を進む団地。その先に見える、俺たちの街の影。

実を言うと、俺も気になっている。

太志に教えられて最初にあれを見た時は、俺も大喜びしたけれど。

その時から結構時間が経ったっていうのに、影は全然近づいてこない。


一時間ほどすると、本格的に空が曇ってきた。

「はらへった〜、はらへった〜」

薄暗くなった屋上で、太志が空《す》きっ腹に響く歌を口ずさんでいる。やめろって。

「太志ぃ。余計、腹減るって」

譲が文句を言い、屋上に寝っ転がっていた令依菜も起き上がった。

「うっさいなあ、チビ。ああもう、起きちゃったじゃん」

てことは、軽く昼寝でもしてたのか、令依菜。

「航祐ぇ」

太志のやつはまるで気にせず、俺に声をかけてきた。

「まだつかないのかあ?」

「ああ」

屋上の端に座って、団地の進む先に目をやっていた俺は、太志に答えた。

「曇って見えねえ」

「えー」

前に雨が降った時もそうだったけれど、今の海は遠くを見通せなくなっていた。低い雲ともやが出ている。さっきまで見えていた街の影も、かすんでしまっている。

ただ、そんな時だった。

それこそ前に雨が降った時と同じように、俺はもやで煙った海の上に別の影を見つけた。

「なんだ、あれ?……おーいっ、みんな」

「ついたか!?」

「え、うそ!?」

「そんなにすぐ？」

太志と令依菜と譲がめちゃくちゃ弾んだ声をあげて駆け寄ってくるけどさ。そんなわけねえだろ……。

夏芽や珠理、のっぽも俺のところに来た。

俺は立ち上がって、海の上に浮かぶものを指差した。

「あれだよ」

「あれ？　街じゃないじゃん」

太志が意外そうに首をひねり、令依菜は肩を落とした。

「なあんだ」

珠理が額に手をかざして、目をこらした。

「う〜ん、なんだろう？」

俺は手に持っていた双眼鏡をのぞきこんだ。

見えたのは、また海を漂流している建物だ。それもかなり大きい。

コンクリートの壁は崩れかけ、あちこちにツタが絡みついている。前に見たナラハラの建物よりもオンボロだった。建物のてっぺんに大きな看板が設置されていて、そこにもツタがからみついている。さらに看板の表面にはコケまで生えている。

ただ、それでも看板に書かれたマークだけは、俺にも読み取れた。

『中』

赤い丸の中に、そんな文字がデカデカと浮かびあがったマーク。

なんだ？　あの看板。

「デパート――」

不意に俺の横でつぶやいたのは夏芽だった。

「え……おい、どうした？」

双眼鏡から目を離して俺がたずねると、夏芽は前方を見たまま、

「航祐、あれ、近くに来るんじゃない？　ナラハラの時と似た感じだよ」

「あ、ああ」

まあ、確かに団地の進行方向と、あの建物が現れた方角を考えれば、そうなるかも。

ついでに言うと、あの建物、ナラハラの建物と同じで、こっちに近づくスピードがかなり遅いように見える。

「私、行ってみる」

「えっ？」

「食糧ももう少ないでしょ？　今度はうまくやるから」

真剣な夏芽の言葉を聞いて、俺も表情を引き締めた。

そっか。

確かにそうだよな。

「僕も」

俺の背後からそんな声があがった。のっぽだった。

「僕も行きたい」

こっちも夏芽と同じように腹をくくった目をしている。

俺は夏芽と視線をかわしてから、

「俺もだ」

と、力強くうなずいてみせた。

6　泣いていた子、泣いている子

ナラハラに向かった時と違って、今度はイカダとロープを使うことにした。

このイカダは、何かあった時、団地から逃げ出すことも考えて、俺と太志たちで作ったものだ。団地の中には色んなものがある。浴槽なんかもその一つ。１０４号室の浴室から浴槽を取り外し、それを改造してイカダにした。浴槽だけじゃ、海に浮かべると、すぐにひっくり返っちまうからな。テープで密閉したゴミ箱を浮きとして横にくっつけて、姿勢が安定するようにしている。

近づいてきた建物にまずロープを投げて渡す。そして、オール代わりの板をこいで、イカダを進ませる。

そうやって、俺と夏芽とのっぽの三人は、建物の中に乗り込んだ。

ナラハラの時もそうだったけれど、建物はかなり荒れ果てていた。いや、ナラハラ以上かもしれない。ひび割れた壁、がれきの転がる床。窓ガラスもあちこちが割れて、破片が飛び散っている。しかも建物の四階から下の部分は、海に沈んでいるようだ。

薄暗いアーチをくぐって、俺たちは五階の通路に出た。五階の中心部分は開けていて、天井がなかった。そして、そこには壊れた遊具や子ども向けのオブジェがいくつも並んでいた。

「屋上遊園地だ」

てことは、ここはやっぱりあれか？　夏芽の言ってた通りデパートか？

その夏芽はどこか複雑そうな目をして辺りを見回している。

と、そこで、俺の持っていたトランシーバーが太志の声でしゃべった。

『こちら、団地屋上の太志！　お前ら、急げよー』

「分かった分かった。なんかあったら、呼べよ」

最初に団地に忍びこんだ時、こんなのスマホでいいだろって思ったもんだけど、こういう状況になると、トランシーバーの方が役に立つよな。スマホは圏外だと通話できないし。

俺は夏芽とのっぽを促して、五階の奥にある階段へ向かった。デパートの壁には館内の案内図がまだ残っている。それによると、屋上遊園地があるのはこの五階。けれど、五階で天井がないのは、その遊園地の部分だけ。遊園地の両脇では、建物がさらに上にのびていて、六階、七階のスペースがある。構造としては、建物の中で屋上遊園地が中庭みたいになってる感じか。そして、そっちの七階部分には、遊園地を見下ろせる位置に大きな食堂があるらしいのだ。

「あそこだ。長くはいられないからな」

けれど、声をかけても、のっぽはともかく、夏芽の方は返事をしなかった。

「おい、夏芽」

「え……」

俺がもう一度呼ぶと、夏芽は初めて気づいたように振り向いた。どうやら、遊園地に転がっていたウサギのオブジェを見ていたらしい。

「どうした？　なんか、あったか？」

「ううん。大丈夫」

夏芽はかぶりを振ってから、笑顔になると、走りだした。

「行こうっ」

「お、おう」

俺は少し釈然としないものを感じながらも夏芽のあとを追った。のっぽも続く。

そうして、俺たちは七階の食堂にたどりついた。

「ここなら何かあると思ったけど……」

ただ、夏芽の期待とは裏腹に、ここもかなり荒れ果てていた。表のガラスケースの中に並んでいる食品サンプルはボロボロ。調理場の冷蔵庫は当然、電気なんか通っていない。中に入っていた食材は腐りきっていて、見る影もなかった。戸棚もダメだ。

「ボロボロすぎる……」

あきらめて俺は調理場を出た。

「そっちは？」

俺がたずねると、別の場所を漁《あさ》っていたらしい夏芽も沈んだ声で「ううん」と返事をして、こっちに近づいてきた。

そこへ、のっぽもやってきて、

「これ……」

のっぽが差し出した紙を見て、俺は目を剥《む》いた。

それはチラシだった。どうやらデパートで発行されたものらしい。問題はその日付けだ。

「六年前!?　うそだろ……」

それじゃ、防災用の非常食だって食べられない可能性が高い。

食堂を飛び出して、また廊下を走りだしたところで、夏芽が急に鋭い声をあげた。

「ちょっと待って！」

「どうした？」

「ちょっと」

言いながら夏芽は立ち止まった。その時だ。俺も確かに聞いた。

俺たち以外、誰の姿も見なかったデパート。

けれど、廊下の先でかすかに足音がした。

これってまさか、ナラハラの時の――。

「なんだ？　もしかして、また……」

「誰かいるの!?」

俺の言葉にかぶせるようにして夏芽が叫ぶ。けれど、反応は返ってこない。

「くっ」

夏芽がまた駆けだした。

「おいっ、急がねえと！」

俺の制止を夏芽は聞かなかった。仕方なく俺も夏芽を追いかける。のっぽも後ろからついてきた。

「はあっ、はあっ、はあっ……」

息をきらして、止まったエスカレーターを大股《おおまた》で駆け下りた夏芽は、六階のその場所でようやく立ち止まった。

「はあっ、はあっ……おい、待てって！」

俺も同じように足を止めて、辺りに目をやった。

建物の中で、吹き抜け構造になった広いスペース。六階部分にも、その下に見える五階部分にも、専門店が並んでいたような跡が見てとれる。荒れ放題ってことを除けば、大型デパートらしい景色だ。

夏芽は六階の通路の手すりに手をつき、真下の五階部分にあるお店のスペースを見下ろしていた。

確か、館内図だと、あそこは大きなおもちゃ屋があった場所か？

「ここ……」

「え？　ここが何だって？」

俺がたずねた途端、夏芽はまたまた走り始めた。

今度は俺たちを置き去りにして、エスカレーターを下り、五階のおもちゃ屋のスペースに入っていく。

その姿はすぐに店の棚の陰に消えて、見えなくなってしまった。

「夏芽ーっ」

夏芽に遅れて五階にたどりついた俺は、声をあげて夏芽のことを捜した。

「おい、夏芽、どこいったっ？……うわっ」

デパートの四階に下りるエスカレーターは完全に水に浸《つ》かっている。パニック映画のワンシーンみたいな光景だ。

そうして、並んだ棚の間を見てまわっていたら、

「いた！」

とある棚の前に立っていた夏芽を、俺はやっと見つけた。

棚の中にはボロボロになったぬいぐるみがまばらに転がっている。

ぬいぐるみの陳列スペースか？

いや、そんなのはどうでもいい。

「夏芽っ、おい、誰かいたのか？　いねえなら、早くいくぞ」

このデパートもナラハラの建物と同じだ。

ゆっくりと動き続けている。ぐずぐずしていたら、団地に帰れなくなる。

なのに、夏芽ときたら、俺の言葉を聞いても振り返らず、目の前の棚をじっと見つめたままだった。

「どうしたんだよ？　さっきから変だぞ、お前。おい！」

もう一度俺が呼びかけると、ようやく夏芽がぽつりと言葉を返してきた。

「ここ、嫌いだった……」

「え？」

何言ってんだ？　こいつ。

「小さいころ、誕生日プレゼント買いにきたんだけど」

棚を見つめたまま、夏芽はつぶやくようにまた言った。

「お母さんたちがここでケンカしちゃって……結局、なんにも買ってもらえなかったな。もう忘れてたけど……」

あ——。

これには俺もハッとした。

じいちゃん家《ち》に来る前の夏芽がどんな家にいたのか。俺も直接見たわけじゃないけど、話だけなら知っている。

毎日のようにケンカしていた夏芽のお父さんとお母さん。

夏芽が泣いて止めても、ケンカをやめてくれることはなかった、とか。

俺が口を閉ざすと、それに気づいたのか、夏芽の方が我に返ったような顔をして振り返った。

「ごめん」

と、本心からなのかは分からないけど、夏芽は笑顔に戻って、

「行こっ」

俺は返事ができない。

その時だった。

『……ガー……すけっ！　きこ……たら……返事しろ！』

ポケットの中のトランシーバーが突然、雑音まじりの声でがなり立てた。太志だ。

あわてて俺はトランシーバーを引っ張り出した。

「えっ？　なんだ、太志⁉」

電波が悪いのか、トランシーバーはまたガーガーと耳障りな音を発した。それでも、少しの間をおいて、太志の声が、

『やっと聞こえた！　おい！　早く逃げろっ！』

「え――」

逃げろ？　何から？

俺がそう思った瞬間、

「っ！」

突然デパートの床が大きく揺れた。

最初は地震かと思った。

単に揺れただけじゃない。揺れには、地面がドンと突き上げられるような轟音《ごうおん》がセ

ットだったからだ。

けれど、海に浮かぶデパートが地震で揺れたりするはずがない。

おもちゃ屋の棚の上から、ばらばらとぬいぐるみが降ってくる。

「太志！　どうなってんだ!?　これ！」

それを払いのけながら、俺はトランシーバーに向かって大声でたずねた。すると、

『航祐っ！　今度はそっちがこっちに近づいてるぞっ！』

そっちっ？　こっちっ？

一体、何の話だ!?

混乱して、俺は辺りに目をやる。

そうしていたら、

「うおっ！」

さっき以上の揺れが俺たちを襲った。しかも、今度もとんでもなく大きな音つきだ。

巨大な物同士がゴリゴリと衝突するような音。デパートの外から聞こえてくる。

揺れのせいで立っていられず、床にうずくまった俺は、その音を聞いて「まさか」と思った。

この音、もしかして――。

デパートと何か別の建物がぶつかったのか？　例えば、俺たちの団地とかが!?

けど、なんでいきなりそんな……いや、考えるのはあとだ！

デパートのあちこちで棚や物が倒れている。

さらに俺たちの足元には、

「やべえっ！　水が入ってきてる！」

俺は立ち上がりながら、近くで尻《しり》もちをついていた夏芽に声をかけた。

「夏芽、大丈夫か!?」

「う、うん」

「のっぽもどうだ!?」

「大丈夫」

「早く出るぞ！」

多分、外が見える場所に行けば、何が起こっているか分かるはず。

俺たち三人はデパートのエスカレーターに向かって走り出した。

ところが、少し進んだところで、急に夏芽の足が止まった。後ろ髪でも引かれるように、その場で立ち止まって背後を振り返っている。

――なにやってんだっ。

俺は怒鳴ろうとした。けれど、その時、夏芽と同じように足を止めて振り返った俺の目にも、妙なものが映った。

ふわふわと宙を漂う青い光。

まるで、海中を遊泳する海ホタルみたいだ。……待て。この光、どこかで見た記憶がないか？

確か、今みたいに漂流する前、夏芽が屋上から落っこちて。

その瞬間に滝のような雨が降って。

で、その雨の中で、これとよく似た光がほんの少し俺の視界を横切ったような。

「………」

無言の夏芽が息を呑《の》んで目を見開き、何かを見ている。

俺は夏芽の視線の先を追いかけた。そして、俺もそれを見た。

「ひっく……ひっく……」

廃墟《はいきょ》と化したおもちゃ売り場に響く泣き声。

あの青い光に包まれ、誰かがすすり泣いている。

小さなその手はぬいぐるみを抱えていた。

「なんだ……あれって、子ども？」

俺たちよりずっと小さい。小学一年生くらいの女の子じゃないだろうか。ただ、実体のある人間というより、ホログラムみたいな影だった。光の中で、体の一部がかすかに揺らいでいる。

何なんだ？　というか、あのぬいぐるみ――。

「！」

でも、そこで俺の思考はさえぎられた。

足首にザブンと水が押し寄せてくる感覚。

「やばい！　夏芽、だめだっ、行くぞ！」

「…………」

「夏芽！」

返事をしない夏芽の手を無理やり引いて、俺はまた走り始めた。

夏芽は俺に引っ張られて走りながらも、何度も何度も後ろを振り返っているようだった。

俺も一度だけ背後に目をやった。

いつの間にか、女の子の姿は影も形もなくなっていた。

まるで、幽霊が姿を消したみたいに。

※

イカダを留めていた場所に戻ってみると、やっと俺にも何が起こったのか理解できた。

海上だ。

俺たちの団地とデパートが浮かんでいる。でも、浮かんでいるのはそれだけじゃない。見憶《みおぼ》えのないもう一つの建物が海を漂っていて、三つの建物はほとんどぶつかりそうな距離でひしめき合っていた。

なんてこった……。

あんな建物、さっきまでなかったのに。

多分だけど、位置を考えると、最初にデパートを襲った衝撃は、あの建物がデパートに衝突してきたせいなんじゃないだろうか？　そして、そのせいでデパートの進行方向がずれた。元々デパートは団地とぶつかるような方角には進んでいなかったのに、きっと進路が変わったことで、団地と衝突してしまったんだ。

その証拠に、俺から見て団地の棟の右側、端の部分がぐちゃぐちゃに壊れてる。壁が崩れ落ちて、むき出しになった各階の部屋。コンクリートの破片は今もパラパラと海に落ちていて、見るも無惨《むざん》な姿だ。

そして、俺たちが今いるデパートも一部に大きな穴があいていた。穴からは当然、海水が流れこんでいる。ついさっきまで、水に浸《つ》かっていたのは四階から下の部分だったのに、今はもう五階も海に呑まれかけていた。このままいけば、間違いなくデパート全体が沈む。

向こう側に見える団地の一階に、譲の姿があった。

俺は夏芽たちと一緒にイカダに乗りこむと、その譲に向かって叫んだ。

「譲ーっ！　引っ張ってくれーっ！」

イカダからはロープが伸びていて、ロープの先は団地側にある。帰る時に備えて用意していたものだった。

「航祐っ。ああ！」

俺の声が聞こえたのか、譲が叫び返して、ロープをつかんだ。

「私もっ！」

譲の傍に珠理や令依菜も駆け寄る。

あっちにいるみんながロープを引っ張ると、イカダが海の上を進み始めた。ただ、その動きは決してスムーズじゃなかった。というのも、巨大な建物と建物がぶつかった衝撃の余波が、辺りの海にはまだ残っていたからだ。特に、沈んでいくデパートの影響が大きい。あれのせいで周りの海に渦みたいなうねりが発生している。大きく波立っている海面。そのせいで、譲たちがいる団地も、ぐらぐらと揺れている。

そして、少し離れた場所からその叫びが聞こえた。

「うわあああっ……！」

太志だった。

破壊された団地の端の部分だ。譲たちと違って、あいつは屋上にいた。けど、揺れで足を滑らせたのか、その屋上から落っこちそうになっていた。半壊した屋上のコンクリート部分に両手でつかまり、必死になって自分の体を支えている。

「誰かあっ、助けてえええっ！」

やばい！

夏芽が屋上から落ちた時は、下に何もなくて、海まで一直線だった。けど、今の太志はそうじゃない。団地の壊れた部分は、均等に壁が剥《は》がれてるわけじゃなく、あちこちデコボコになっていて、コンクリートや鉄筋が突き出している。あのまま落ちようものなら、そのデコボコ部分に太志の体が叩《たた》きつけられてしまう。

「太志っ！」

「私が行く！」

「珠理っ、私も！」

珠理と令依菜が俺たちのイカダを引っ張るロープを譲に預け、団地の階段の方へ駆けだした。

「太志を頼む！」

譲がそう言い、今度は自分一人でロープを引っ張り始めた。

うねる海を、俺たちのイカダがなんとか進む。

そうして、イカダがやっと団地の一階に近づいた時、屋上から珠理たちの声が聞こえた。

「太志くん！」

「珠理！」

「もう大丈夫だよ！」

「もう、何してんのよ！」

良かった。ぎりぎり間に合ったみたいだ。

珠理と令依菜が二人がかりで、コンクリートにつかまった太志のことを引っ張り上げようとしていた。

「せーのでいこう！」

「うん！」

「せーの！」

そんなかけ声と共に、太志の小柄な体が珠理たちの手で屋上に引き上げられる。

俺と夏芽もほっと息をついた。

ただ、その時また海が大きく波立った。

「わっ」

「っと！」

イカダの上で俺たちはそれぞれにバランスを取る。

あのデパートがさらに海中へ沈んでいた。多分もう、あと何分も浮いていられないだろう。

そして、屋上から、

「おーいっ！　珠理ーっ！」

「珠理ぃぃぃぃっ！」

──えっ？

太志はもう大丈夫だと思って屋上から目を離していた俺は、その光景を振り仰いで、背筋が凍るのを感じた。

大波で揺れたあおりを食らったのか、元々壊れていた団地の一部がさらに崩壊していた。

そして、その団地の端の四階部分。割れて突き出たコンクリート。

そこに珠理がぶらさがっている。いや、あれはもう、宙吊《ちゅうづ》りと言っていい。さっきの大波で団地の端が崩れた時、一緒に屋上から落ちてしまったのか。それとも足を滑らせたのか。屋上にいる太志と令依菜が必死で手を伸ばしているが、どう見たって届く距離じゃない。

「珠理っ！」

ロープを引っ張っていた譲も一階から叫んだ。

「譲！」

その譲に向かって、夏芽が大声で呼びかけた。

「助けに行く。あっちに！」

と、夏芽は珠理が宙吊りになっている団地の端を指差し、

「引っ張って！」

「お、おう！　おおおおっ！」

譲が両手で力任せにロープを引っ張った。それまで譲が立っているところへ向かっていたイカダが、方向を変えて海面を横に滑る。その先にあったのは、団地の建物の崩れた部分。ただし、角度の関係で、完全には近づけない。それを見た夏芽はイカダを蹴《け》って、勢いよく団地側に飛び移った。俺も続こうとしたが、そこで躊躇《ちゅうちょ》した。団地の崩れ具合がひどい。夏芽に加えて俺まで飛び移ったら、もっと崩れてしまうかもしれない。

「珠理っ、今行くからね！」

そんなことを叫びながら、夏芽が建物を登りはじめた。もちろん、階段なんか使わない。崩れたことで、団地の建物の表面は鉄筋なんかの突起物が増えている。夏芽は

それを利用して、またたく間に二階までよじ登った。

けれど、夏芽がそこから三階へ上がろうとしたところで、

「珠理っ！」

「うっ……うぅ……！」

限界だった。

四階のコンクリートにつかまっていた珠理。

ぶるぶると震えていたその両手が、ついにコンクリートから離れてしまう。

「やっ——！」

令依菜の悲鳴。

そして、破壊された建物の突起物に体を打ちつけられながら、落ちていく珠理。

だめだ……！

きっと誰もがそう思った時、一人、夏芽だけはあきらめなかった。

「珠理！」

絶叫に近い声で名を叫んで、夏芽は落ちていく珠理の左腕を、自分の右手でつかんだ。多分、そのまま珠理の体を支えようなんて考えたら、夏芽も一緒になって落ちていっただろう。でも、夏芽はそうしなかった。

鉄筋につかまった逆の手と足でふんばりつつ、夏芽は珠理の左腕をつかんだ右手を

思いっきり横に振った。落ちていこうとしていた珠理の体の軌道がそれで変わる。すぐ傍にあった団地の二階部分に、叩きつけられるようにして、珠理の体が飛びこんでいった。俺の位置からは無事かどうか、確認できない。あの角度と勢いだと、無事だったとしても、無傷とはいかないかもしれない。

そして、夏芽もまた危険だった。なにしろ、同い年の女子をあんな不安定な体勢から片手で投げ飛ばしたのだ。

「うっ……あっ！」

そんな声と同時に夏芽の手が鉄筋から離れた。離れる時に鉄筋でこすったのか、夏芽の手のひらから飛び散る血。そのまま夏芽は下の海に落ちていく。

「夏芽っ！」

叫ぶなり、俺は背負っていたリュックをイカダの上に放り投げ、今度こそ夏芽の後を追って海に飛びこんだ。

海の水は想像以上に冷たかった。

前に珠理も疑っていたけれど、やっぱりここは日本じゃないのかもしれない。それとも、海岸に押し寄せる海水と違って、海のど真ん中の海水っていうのは、こういうものなんだろうか。ただ、海の中でまぶたを開いても、不思議と目が痛くなるようなことはなかった。

いや、そんなことは今はいい。

それよりも、海水の流れが激しいことの方が問題だった。

あのデパートが完全に沈もうとしている。

板にがれき、そして、屋上遊園地にあった子ども用の遊具やオブジェ。何もかもがバラバラになって、海中に散らばりつつある。

とっさにロープを持って海に飛びこんだのは、正解だった。ロープの先はイカダにくくりつけてある。水の動きがこれだけ激しいと、一度海に潜ったら、ロープがないと二度と浮かび上がることができないかもしれない。

俺は息を止めて、必死に水をかいた。聞こえるのは、ごぼごぼという水の音だけ。薄暗い海の中で、先にある夏芽の姿を懸命に追う。

でも、その時、俺は異様なものを見た。

海の底だ。

いや、それを底と呼んでいいのかどうかは分からないけれど。

沈んでいく夏芽の下に、何か黒いもやのようなものがわだかまっていた。ヘドロのような、いや、もっと黒く、しかも、どこか禍々《まがまが》しいもや。

「!?」

そして、海中に散らばって沈んでいた屋上遊園地のオブジェが、そのもやに触れた途端、まるで水に浸《つ》けた砂糖菓子のように形を失った。単に水圧で壊れたとかじゃない。まるで、もやに食われるようにして、粉々になってしまったのだ。

な、なんだ、あれ？

というか、まずい。

あのまま沈んだら、夏芽もあれに触れるぞ！

「っ……」

息を止めたまま、俺はなおも水をかく。伸ばした手がなんとか夏芽に届いた。夏芽の方も俺の手をつかむ。

よし！

あとはこのまま反対側の手に持ったロープを伝って――。

けれど、浮かび上がろうとした瞬間、俺はガクンと引き戻された。

「！」

俺じゃない、手をつないだ夏芽だ。その足に履いた靴に、あの黒いもやがからみついている。くそっ。だから、なんだってんだ、あのもや！

俺は必死になって夏芽の体を引っ張った。けど、ここは水の中だ。下から引っ張る別の力があったら、簡単に引き上げられるもんじゃない。夏芽も足をばたつかせて、なんとか浮かび上がろうとしているが、それでも体の方は逆にずるずると沈んでいく。

――やばいっ！

声にならない叫びを俺は発した。

ところが、その時、不意に俺の横を通り過ぎた別の影があった。

海中だったけれど、俺は大きく口を開きそうになった。

影はのっぽだった。俺に続いて、海に飛びこんできたらしい。

普段のぬぼーっとした態度からすると信じられないくらい、のっぽは泳ぎがうまかった。まるで人魚みたいに海の中をすばやく移動すると、俺の下にいる夏芽の傍に寄る。そして、夏芽の靴に手を伸ばすと、足から靴を脱がして、あの黒いもやを振り払う。

――やった！

俺はもう一度強く夏芽の手を引っ張った。今度は夏芽の体が抵抗なく浮き上がった。そのまま一気に俺たちは海面を目指す。

「ぶはっ……」

夏芽と俺はほとんど同時に海面から顔を出した。

続けて、のっぽ。ただ、どういうわけか、俺たちと違って、のっぽの方は少し苦しそうな顔をしていた。さっきはあんなに見事な泳ぎを披露していたのに、今は浮いているのがやっとって感じだ。

イカダが団地のすぐ傍に浮かんでいた。

俺と夏芽はイカダじゃなく、団地の方に這《は》い上がった。苦しげなのっぽを、今度は二人で引っ張りあげる。

そして、悲鳴に近い声をあげたのは夏芽だった。

「のっぽくん!?」

俺も夏芽と同じものを目の当たりにして、息を呑《の》んだ。

団地の一階に引き上げられ、俯《うつぶ》せになったのっぽ。死んだりしていない。息をしている。

ただ、その左足の一部がなくなっていた。比喩《ひゆ》なんかじゃない。本当になくなっていたんだ。左足の土踏まずから先の部分。ノコギリで切り落とされたみたいに、かかとだけを残して、足の先が失われている。

これって、もしかして——。

まさかとは思うけど、さっきの黒いもやに触れたのか？　あの時、夏芽を助けるために、のっぽはあの黒いもやにかなり近づいた。夏芽を助けようとして、あれに触れて、そして……足が食われてしまった？

しかも、だ。

のっぽの欠けた足の先からは、ありえないものが見えていた。

赤みを帯びた棒のようなもの。

血じゃない。というか、足の一部がなくなったってのに、のっぽは一滴も血を流していない。

そして、人間で言えば、骨にあたる部分に、その棒がある。

金属……いや、あれは多分、鉄筋だ。

7　前夜

身も蓋《ふた》もなく言ってしまえば、気がゆるんでいたんだと思う。
偶然とはいえ、ナラハラの時は食べ物を持って帰ることができた。
団地の進行方向に自分たちの街も発見した。
夏芽とも仲直りというか、ちょっと前までのぎくしゃくした関係じゃなくなった。
そんな色んなことが重なって、今の自分たちが置かれた状況を俺は舐《な》めてた。
まあ、何とかなるんじゃないか、って。
でも、やっぱりここは訳の分からない海のど真ん中で。
俺たちは、大人みたいに何でもできるわけじゃない、小学生のガキなんだ……。

※

団地の半壊した部屋から使えそうな物を運び出した俺が、４０４号室に戻ってくると、部屋の中では騒ぎが起きていた。

玄関のドアを開けたところで、譲の声が聞こえた。

「待って、令依菜。夏芽が助けなかったら、珠理は今ごろ流されてたかも――」

「そんなの知らないっ！」

半泣きの声は令依菜だった。

室内に入ると、中の様子が俺にも見えた。

寝室の床に敷かれた寝袋。その上に珠理が寝かされている。寝袋は夏芽が団地に持ちこんでいたものだ。

まぶたを閉じた珠理の頭には包帯が巻かれていた。あの時、頭を打ったんだ。意識がまだ戻らない。

その珠理を、令依菜と夏芽と譲が取り囲み、言い争いをしていた。いや、言い争いっていうか、夏芽にかみついた令依菜を譲が必死でなだめていたようだ。

「珠理は……珠理は私の親友なんだよ！　なのに、あんたが！」

どうやら、令依菜は珠理の怪我のことで、夏芽を責めていたらしい。

確かにそれは譲の言う通り、矛先を向ける相手が違う。海に落ちかけた珠理を助けたのは夏芽だ。でも、きっと、今の令依菜にはそんなことを言っても通じないんだろう。珠理があんなことになってパニックになっている。それに、令依菜は元々、この海を漂流することになったのは、夏芽が団地に閉じこもっていたせいなんじゃないか、って疑っていたから。

夏芽はそんな令依菜の剣幕に対して、何も言い返せない様子だった。青ざめ、こちらも泣きそうな顔で、

「ご、ごめん……」

と、小声で謝る。

そして、そうやって謝られてしまうと、令依菜は令依菜で、自分の気持ちをぶつける相手を見失ってしまったみたいだった。

「もう限界よ……」

うなだれた令依菜がぶるぶると肩を震わせる。

「どうせ、私たち……もう帰れないんでしょ……」

そこまで言ったあとで、令依菜はきっと顔をあげて、

「みんな、死ぬんだよっ!」

それが俺にとっても我慢の限界だった。

パニックになっていたのは令依菜だけじゃない。

夏芽も譲も太志も、そして、俺もショックを受けていたのだ。

「やめろっ!」

俺は声を張り上げた。

令依菜が今度はひるんだようにビクッと体を震わせた。

「令依菜……やめてくれ……頼む……」

今度はうなるように言いながら、俺はその場に座りこんだ。いや、違う。立っていられなくて、へたりこむしかなかった。

そんな俺の前で令依菜がくしゃっと顔を歪《ゆが》ませる。

「う、うぅ……うううぅぅっ」

静まりかえった寝室に、令依菜の引きつるような泣き声だけが響いた。


日が暮れた。

簡易ランプの明かりに照らされた404号室の居間で、俺たちは食事の用意をする。米はなし。ナラハラから持ち帰った缶詰の乾パンや金時豆をみんなで分けて、あとは食べられる草を少し添える。夕食というには、質素すぎるメニューだった。

食事の用意をしている時もそうだったけれど、みんな、食べる時もほとんど口をきかなかった。

令依菜の姿が食卓にない。

寝室で珠理のそばについているみたいだった。看病っていうより、目を覚まさない珠理から離れられないのかもしれない。

「…………」

夏芽が無言のまま立ち上がり、乾パンや豆を載せた皿を持って、寝室に向かった。令依菜たちのいる寝室に入ることはせず、外からそっと皿だけを寝室の床に置く。

そうして、夏芽は別の皿を持って、玄関から404号室を出ていった。

俺もまた寝室には入らず、外から珠理と令依菜の様子をうかがってから、夏芽の後を追った。

夏芽がどこに行ったのかは大体分かっていた。

団地の一階だ。

そこにはのっぽがいるはずだった。あの一部が欠けて、鉄筋のようなものが見えた左足。人間なら間違いなく大怪我だし、悲鳴をあげて、のたうちまわっていたに違いない。でも、あの時、のっぽは少し苦しそうな顔をしていたけれど、悲鳴をあげたりはしなかった。それどころか、鉄筋の先を床につけて、立ち上がることさえできた。やっぱりあいつは人間とは思えない。海の中で夏芽を助けてくれたことは、俺だって感謝してるけど。

「……ご飯、持ってきたよ」

俺が二階まで下りた時、階段の下から夏芽のそんな声が聞こえた。

「足、大丈夫？」

俺は立ち止まった。

夏芽の言葉にのっぽは答えない。

すると、沈黙を挟んでから、夏芽は絞りだすように、ぽつりと言った。

「私のせい……ごめんね」


夜空に雲がかかっていた。

昼間はすぐにでも雨になるかと思ったけれど、その予想は外れた。雲の合間には明々とした月も見える。天気が悪いのか良いのか、どちらとも言えない曖昧《あいまい》な空。

「…………」

団地の504号室のベランダに座りこみ、俺はそんな空を見上げた。

手にはぬいぐるみを持っていた。夏芽が大事にしている、あのぬいぐるみだ。

すぐ近くから、誰かが洟《はな》をすすっている音が聞こえる。

いや、誰か、って言い方は違うか。

誰なのかは最初から分かっている。

夏芽だ。

隣のベランダで、夏芽が洟をすすっていた。

俺はそれを黙って聞きながら、手に持っていたぬいぐるみを、自分のいるベランダの手すりの上にひょこりと突き出した。ついでに軽く物音を立てる。

「え……」

夏芽が気づいたみたいだった。

もちろん、ベランダに座った俺の体は、ベランダを囲う手すりの壁に隠れて、夏芽には見えないはず。

それでも少しの沈黙を挟んでから、

「はっ……航祐でしょ！　なにしてんのっ？　どっか行ってよっ」

「あ、待てよ」

俺は隠れていたベランダから顔を出した。

さっきまでと違い、夏芽の方がベランダにしゃがみこみ、俺の目から隠れていた。

「話、聞いてやろうと思ったのに」

「はあっ？」

夏芽が憤慨したような声をあげた。見えないけど、顔も赤くしてんだろうな、あれ。

「人の大事なもの勝手にいじんないでよねっ。……もう、ほんとに仕方ないなあ」

夏芽はそう言って、今度は「ははっ」と軽く笑ってみせた。

「航祐ってば、昔から弟みたいでさ。いじけてたら、安じいに何でも買ってもらえたもんね」

「おい」

「私なんて、航祐みたいにさあ」

「おい」

俺の二度目の「おい」は少し大きな声だった。

「なに？」

と、間髪を容《い》れず、夏芽もまた強い口調で言い返してくる。

俺はそこで声のトーンを落とした。

「お前、なんか、わざとらしい」

「え……なに？」

夏芽の声も低くなった。

俺は数秒、間を置いてから、

「泣いてたくせに」

「！……違うって」

「我慢すんなよ。だから、話、聞きにきたんだってての」

幼なじみ、舐《な》めんな、って話だ。

本当に楽しそうなのか。それとも無理やり明るく振る舞ってるだけなのか。

そんなのすぐに分かる。

ぶっきらぼうな俺の言葉を聞いて、夏芽の方は黙りこんだ。それっきり何も話そうとしない。

だめか——。

俺は少し肩を落とした。

けれど、俺があきらめかけた時、

「わ……私は」

夏芽の小さな声がまた聞こえた。

「本当は泣き虫だよ……知ってるでしょ？　うちの家族は大変だったからさ。私、泣いてばっかだったもん……」

そう言われて、俺は逆に口をつぐんだ。

確かにそのことは俺も知ってる。

そして、知ってるからこそ、何も言えなくなってしまうことだってある。

「でもさ」

俺が黙っていると、夏芽が話を続けた。

「泣いても泣いても、なんにもならなくて。全部バラバラのままで……だから、あの時はもう何も欲しがらないようにしてた。その方が楽なのかな、って……。でもね、団地に来ることになって、安じいが受け入れてくれて——やっぱり、うれしかったんだと思う」

「………」

「だって、こっちの方が本当の家族っぽいのかな、って思ったくらいだもん」

ふと、夜のひんやりとした空気の中で、俺の耳にも亡くなったじいちゃんの声が聞こえたような気がした。

優しくて、時々厳しくもあって、でも、そんな時でもどこか温《ぬく》もりが感じられた、じいちゃんの声。

夏芽がまた言った。

「それに、どんなことでも話せて……泣いても良かったから。こんなにうれしいことなんだって」

——あのころ。

夏芽は俺の前で泣いたりなんか絶対しなかった。

でも、そんな夏芽の泣いている姿を、俺はじいちゃん家《ち》でこっそり見てしまったことがあった。

きっと、自分でも言っている通り、じいちゃんの前では夏芽も泣くことができたんだと思う。

「けど、安じいはもう死んじゃった……」

そうつぶやいた夏芽の語尾がわずかに震えた。

「団地もなくなって、またバラバラになっちゃった」

「…………」

「お別れなんてもうイヤ、って思えば思うほど、苦しくなっちゃって……けど、そんなこと、お母さんに言ったってどうしようもないことじゃん。だから、ここに来るしかなかったんだよ……。ごめんね。航祐にも迷惑かけたくなかったのに」

……違う。

「私がぐちぐち考えてるのが悪いんだ」

「そんなこと――」

「みんなを巻きこんじゃったの、私のせいなのに……。こんなこと話してでさ。最低だよね。珠理だって、私のせいなのに……」

夏芽の言葉に涙の気配がまじっている。

俺は強く自分の唇を噛《か》みしめてから、口を開いた。

「俺の方が最低だ……」

隠れていた夏芽が「え？」とでも言いたそうに、ベランダの手すりからほんの少しだけ顔をのぞかせた。

「なんで……そんな」

「違う」

言いかけた夏芽の前で、俺はかぶりを振った。

何が――。

何が「知ってるからこそ、何も言えなくなってしまうことだってある」だ。

俺は言えた。いつだって言えたはずなんだ。あのころだって、今だって。

けど、言わなかっただけ。ずっと言わず、避けてただけ。

夏芽の家のこととか、そういう面倒くさそうな話が嫌いで……怖くて、びびって、知らない顔をしていた。ずっとずっと、今も。

「夏芽が大変だったって、知ってたのに……俺、なんもできてねえし。しかも、あんなこと言って、傷つけた……」

――お前のじいちゃんじゃないんだし。

じいちゃんの見舞いに行った時に俺が口にした言葉。

今になってみると、吐き気がしてくる。自分の馬鹿さ加減に頭をかち割りたくなる。

夜風が少し強くなった。

ベランダから顔を出した夏芽が、横目で俺を見ていた。

いや、というより、その目に映っているのは、俺が持っているぬいぐるみのようだった。そして、

「その子はね、安じいがくれた時、ほんとは好きじゃなかった……」

言いながら、夏芽がうつむいた。

「え?」

「だって、嫌なこと、思いだすし」

嫌なことって——。

ひょっとして、デパートのぬいぐるみ売り場で話していたことか?

誕生日プレゼントを買いに行ったはずだったのに、その場でお父さんとお母さんがケンカを始めたって。

「でもね。航祐と遊ぶ時、その子はいつも一緒だったから。だから、私の宝物になったんだよ。航祐のおかげだよ」

「…………」

「ううん。それだけじゃない。一緒に学校に行って、一緒にサッカーして——全部楽しかった。それだけでも、私は航祐と一緒で良かったなあって」

そんな言葉、夏芽の口から初めて聞いた。

嘘をついたり、適当なことを言ったりしてるわけじゃないと思う。こいつはこういう時、自分の本心と違うことを口にするやつじゃない。

けど、だからこそ、俺はまた何も言えなくなってしまい、口を閉じた。こればっかりは逃げたわけじゃない。どう言葉を返していいか、本当に分からなかったからだ。

俺が黙りこんでいると、夏芽の方が空気を変えるように、

「はい！」

と言って、しゃがんでいた姿勢から立ち上がった。

「もうこの話は終わり。私は平気だからさ。自分のことは自分で何とかするし」

振り返った夏芽の顔に笑みが浮かんでいる。ただ、その笑顔にはまだ、どこか痛々しいものが残っているように俺には見えた。声だって、空元気を出しているだけに聞こえる。

俺は下を向いて、小声で言った。

「……もっと、人に頼ったって」

だけど、その先は聞きたくないと言わんばかりに、夏芽が自分の言葉を俺の言葉に重ねてきた。

「ありがとね。ちょっと話しすぎちゃったけど……。航祐。絶対一緒に帰ろうね」

——だめだ。

これじゃ前と一緒じゃんか。

じいちゃんの病室の前で口にしたこと、ちゃんと謝れなかったあの時とまったく一緒。

それじゃだめなんだ。また、俺は後悔する。自分の情けなさが許せなくなる。

「お、俺が！」

顔をあげた俺は意を決して夏芽に向かって身を乗り出した。

でも、その時だった。

足の下から、ドンッという重い衝撃音が伝わってきた。

「え？」

「な、なんだ？」

「あ、航祐、下！」

夏芽に言われてベランダから真下を見た俺は、目を見開いた。

団地を取り囲む海。

夜だから、暗い海面を照らすのは雲間に浮かぶ月しかない。けれど、そんな頼りない光の中でも、はっきりと海面を漂うものが見えた。大きなトタン板や看板の残骸《ざんがい》。さらには壊れた建物の一部のようにも見える瓦礫《がれき》。団地にぶつかっては、右に流れていく。今の音はこれか。いや、待て。それだけじゃない。

いったい、いつの間にこんな場所――いや、海域に迷いこんでしまっていたのか。

団地の周囲では、昼間デパートにぶつかった時以上に多くの建物が漂流していた。ごく普通の家もある。何かのビルのような建物もある。共通しているのは、どれもボロボロで、今にも沈みそうなものばかりということだ。まるで建物の墓場のよう。

「今の音……うわあっ」

真下の404号室で戸が開く音がして、譲が声をあげるのが聞こえた。

「デパートの時よりやばいぞ！」

譲と、それに太志もベランダから身を乗り出して、下の海をのぞきこんでいる。

「航祐、空！」

夏芽が今度はそう言って頭上を指差した。つられて、俺も空を見上げる。

「⁉」

なんだ？　あれ。

空には相変わらず雲が浮かんでいた。

風のせいか、雲は少し駆け足で横に流れている。それはいい。問題なのは、その雲の合間を縫うようにして伸びている、ぼんやりとした青い光だった。まるで空に横たわった巨大な帯のようだ。夜空にいくつもの筋を描いている。しかも、光にはどこか見覚えがあった。デパートで見たあの光。そして、団地が漂流する前に大雨の中で見た光。どちらにもよく似ている。

「天の川？」

この声は四階の太志だった。

「この光って……」

夏芽は空を見上げたまま、呆然《ぼうぜん》としていた。

俺はもう一度、団地の周辺に浮かぶ、たくさんの建物に目をやった。

すると、足の下から譲がひどく不安そうな声で「なあ、航祐」と呼びかけてきた。

「こんだけ経ってるし、もう街につくよな？」

言われて、俺は団地の進行方向に視線を向けた。

夜の暗さの中、そっちには光らしい光は何もない。本当に街があるなら、街の明かりくらい見えてもいいはずなのに。

「くそっ」

譲の問いに答えられず、俺はベランダの手すりに両手をついて頭を下げた。

「こんなの、本当に帰れんのかよ……」

誰か助けてくれ、と本音では叫びたかった。

※

そして、翌朝。

「みんなっ、起きて！」

俺は譲のひどく焦った声で叩《たた》き起こされた。

「どうしたっ？」

「し、下に！　下に水が！」

――水!?

いまだに目を覚まさない珠理のそばに令依菜を残して、俺は譲や夏芽たちと一緒に団地の階段を駆け下りた。

団地の一階にはたどりつけなかった。

そこはすでに譲の言う通り、かなりの高さまで水に浸《つ》かっていたからだ。海水だ。海水が外から流れこんでいる。

「嘘だろ……」

階段の踊り場からその光景を見て、俺は絶句した。

譲が引きつった顔で俺の方を振り返り、

「やっぱりぶつかった時に穴が空いたんだ。航祐、どうしよう？」

そもそも、こんな団地の建物が海に浮いていたこと自体、変なことで、一部が衝突で壊れたからって、そこから浸水ってのも「なんだそりゃ」とわめきたくなるけれど。

そういうことは今さら言っても仕方ない。結局、この海自体が普通じゃないんだ。きっと。

とにかく、今は、

「ここを出るしかないかも」

「！」

「うそ……」

俺の言葉を聞いて、夏芽がかすれ声でつぶやいた。

俺は構わず譲に告げた。

「みんなを集めろ！」

「お、おう！」

404号室の台所に全員が集まる。

いや、全員とはいかなかった。

「のっぽがいない？　こんな時に！」

そこで、俺はハッとした。

「あいつ、まだ、なんか隠してんのか……？」

今度は令依菜も一緒になって、珠理以外のメンバーでのっぽのことを捜す。

五階の部屋をのぞいたあとで、俺たちは屋上に上がった。

「いたっ」

空の雲がまた分厚くなっていた。

昨日は雨にならなかったけれど、今日こそは天気が崩れそうだ。どんよりとした灰色の空。太陽がまったく見えない。

そんな空の下で、のっぽがこちらに背を向けて、屋上の端に立っていた。そっち側は団地の壁が崩れている。

「のっぽくん！」

背後に駆けつけた夏芽が呼びかけた。

「無事で良かった！　早くしないと……」

けれど、そう言いながらのっぽに近寄ろうとした夏芽のことを、俺は片手で制した。

「のっぽ」

声を低くして、振り返らないのっぽの背中に問いかける。

「お前が知ってること、全部教えてくれ」

のっぽの返事はなかった。

俺は問いを続けた。

「この団地は沈んでる。街にもつかない。もうどうすりゃいいか……方法はないのかよ？」

言葉を結んだところで、俺はハッとした。

俺たちに背を向けたのっぽ。

左足の一部がやっぱり欠けてるのに、ちゃんと立っている。ただ、そこは驚くところじゃない。昨日からそうだったんだから。

目をひいたのは、のっぽの首元だった。

昨日までは何ともなかったはずなのに、そこはまるで、古くなった建物が風化でもしたかのように、肌が変色し、苔《こけ》のようなものが生えていた。いや、多分、あれは首元だけじゃない。こっちに背を向けているから見えないだけで、首と顔の一部が変色しているっぽい。前に見た腕と同じだ。

ひょっとして広がってるのか？　あれ。

「のっぽくん……」

夏芽がどこか悲痛な声でつぶやいた。

その時、不意に風が強くなった。海を見ていたのっぽの黒い髪をそよがせる風。のっぽが風に誘われたように、海ではなく、空を見上げる。

と同時に、

「！」

のっぽの周囲が光った。宙を走る青い光。昨日、夜空にあったあの光によく似ていた。光は一気に頭上の曇り空まで駆け昇り、そして、空全体を覆い尽くしたかと思うと、今度は逆に、下にいる俺たち目がけて降《くだ》ってきた。まぶしさに目がくらむ。けど、そんな中で、なぜか俺は妙なものを見た。あの青い光にからみつかれ、盛り上がりながら、バキバキと割れるコンクリートの幻影。そして、その割れたコンクリートの隙間から飛び出る鉄筋。

――のっぽの欠けた左足みたいだ。

そんなことを俺がぼんやりと思った時、まぶしさが薄れてきた。

そうして、ようやく、のっぽの声が聞こえた。

「僕は……。誰もいなくなったはずのこの団地で、独りぼっちでいた夏芽のことが、どうしても放っておけなかった。それに、航祐のことも」

「え……」

俺は細めていた目を開いた。

のっぽはまた海の方を向いていた。

「僕は今までここで、君たちをずっと見守っていた。僕はこの団地と一緒なんだ。僕の居場所はここしかないから」

団地と……一緒？

それって——。

「君たちとも、ずっと一緒だったんだ」

俺がたずねる前に、のっぽの言葉が続いた。

「二人がここで本当に楽しそうに笑っていた姿が、どうしても忘れられなかった。二人がいなくなって分かったんだ。僕は君たちの笑顔が本当に好きだったんだと思う。だから——」

そこで、のっぽが初めて振り返った。

やっぱり顔の肌にまで変色が広がっている。

坊ちゃんカットの頭を傾け、のっぽは少しうつむいた。

「この海は、きっと僕だけが来るはずの場所だったんだよ。僕が……君たちを連れてきてしまったんだと思う……」

のっぽの背後には暗い色をした海が広がっている。

言葉を失って、俺がその海とのっぽのことを見つめていると、急に後ろから「は」

と半泣きの声があがった。

令依菜だった。

「なにそれ……連れてきたって、そんなの冗談でしょ……どうしてくれんのよぉ」

「令依菜、のっぽくんは──」

「うっ、さいっ」

横から口を挟もうとした夏芽のことを黙らせると、令依菜はのっぽに近づいた。

「令依菜……」

俺が止めても聞かない。

令依菜はのっぽの真正面に立ち、

「ねえっ！　なんで、あたしたちが巻き込まれないといけないの⁉　ねえ、説明してよぉ！」

「令依菜」

たまらず、俺はもう一度名を呼び、令依菜の肩に手を置いた。

すると、令依菜は完全に泣き顔になって、のっぽの服をつかんだ。

「どうしたら、帰してくれるのぉぉ……」

泣きながら訴えたあと、そのまま膝《ひざ》から崩れ落ちてしまう。

「……ごめん」

のっぽは小声で答えた。

「僕にも帰り方が分からないんだ」

「もう許してよ……」

のっぽの足元でうずくまり、令依菜はむせび泣いた。

「なんでも、するからぁ……お願いだから……」

今度はのっぽが答えられない。

俺たちだって何も言えない。

けど、そこに、

「令依菜ちゃん！」

不意の声はまったく別の場所からだった。

ハッと令依菜が顔をあげた。

声のした方向を振り返って叫ぶ。

「珠理っ！」

開きっぱなしになっていた屋上の入り口。

そちら側から、少しふらつきながらも、俺たちの方へ近づいてくる人影がある。

頭に包帯を巻いた珠理だった。

——目が覚めたのか⁉

「じゅりいいいっ！」

立ち上がった令依菜が、足をもつれさせながらも走り出した。いや、令依菜だけじゃない。俺たちだって同じだ。珠理のもとへ向かう。

真っ先に駆け出した令依菜が、珠理に抱きついた。

「ううっ、もう！　死んじゃったのかと思ったんだからねっ！」

「大袈裟《おおげさ》だなあ」

そう言う珠理の顔色は決して良くなかった。ただ、それでも、いつもと変わらない穏やかな笑みを浮かべ、

「大丈夫だよ。一人で上にあがってこれたんだもん」

「ほんとにほんと!?……あっ」

話をしていた令依菜と珠理がバランスを崩した。令依菜を抱き止めた姿勢のまま、珠理が屋上に膝をつく。

「ごめんっ、珠理」

一緒に体勢を崩して座りこんだ令依菜が、涙で濡《ぬ》れた顔のまま、あわてて謝った。

珠理はその令依菜の頭を優しく撫《な》で、

「令依菜ちゃんってば」

「う、うぅ……」

令依菜が珠理の腕の中でまた泣き出した。

「珠理！」

「良かった！　大丈夫か？」

「うん」

太志と譲の問いかけにも、珠理ははっきりと答えた。

その確かな返答を聞いて、俺も心の底からホッとした。もちろん、頭には包帯を巻いたままだし、全然無理をしてないって風には見えない。でも、本人の言う通り、ここまで誰の手も借りず、自分の力で上がってきたんだ。動けないほど体調が悪いってことはないだろう。

「泣かないで、令依菜ちゃん。一緒にフロリダ行くんでしょ」

「うん……でも、もう」

珠理に抱かれた姿勢で令依菜はまだ泣いている。

「大丈夫だって」

顔をあげた令依菜に向かって、珠理はまた微笑んでみせた。

「私たち一緒なら帰れるよ」

「う、うわあああ」

令依菜の泣き声がますます大きくなった。

その後ろから今度は太志が半泣きの顔で、珠理に声をかけた。

「俺のせいで……珠理ぃ」

「ううん、大丈夫だよ」

「私だって！　ごめんね、珠理」

そして、夏芽。

珠理はそれにもかぶりを振って、

「いいから。気にしないで、夏芽ちゃん」

「でも……」

「良かったあ、ほんとに良かったあ！」

譲も涙を浮かべて笑っている。

こんな時だけど、俺たちはひとしきり珠理の回復を喜び合った。

そうしてから、いったん４０４号室に戻ることにした。

譲と夏芽が左右から珠理のことを支えながら、屋上の入り口に向かって歩く。

俺はそれを見たあとで、背後にいたのっぽのことを振り返った。

「教えてくれよ。本当に帰り方、分からないのか？」

改めてたずねても、のっぽの返答は変わらなかった。

「ごめんよ……」

「…………」

「イカダで早くここを出た方がいい。僕のことはもういいから」

8　嵐

雨が降ってきた。

ただ、今日の雨は恵みの雨とは言えなかった。

団地は進行方向と反対側の部分が崩れている。そこから徐々に入りこんでくる海水。浸水のペースからいって、今すぐ団地が沈むなんてことにはならないだろうけれど、ぐずぐずしている時間はない。

雨の中で脱出の準備が始まった。

まずイカダを大きくする必要があった。デパートに渡った時、俺と夏芽とのっぽが使ったイカダは、せいぜい三人乗り。人数もそうだけど、団地から持ち出す荷物を載せるスペースも用意しなきゃいけない。

俺たちは別の部屋の浴槽を取り外して、元のイカダにくっつけることにした。団地内で見つけた工事用のテープで浴槽をいくつも繋《つな》げる。そして、浴槽同士がバラバラにならないよう、イカダの上面に大きな板を置き、板と浴槽全体をロープでぐるぐる巻きにする。はっきり言って、付け焼刃の工作だ。こんなので海を漂流して、無事にすむかどうか。けど、他に方法がない。

浸水はすでに団地の二階近くにまで到達していた。

外の海面が二階のベランダのすぐ下に迫っている。

その海に浮かぶイカダに、太志が乗りこんだ。

「頼んだ」

「うん」

俺は二階のベランダまで運んできた浴槽を海面に浮かべ、太志に預けた。太志がイカダと浴槽をテープでくっつける作業に取りかかる。

「航祐、次いこう」

「ああ」

譲に促されて、俺は屋内に戻った。

ずっと拠点にしていた404号室に、俺と譲が顔を出してみると、そこでは夏芽と令依菜がロープを作っている最中だった。団地内に転がっていた電源コードや紐《ひも》を結んで一本の長いロープにしている。なにしろ、浴槽を何個も並べて作ったイカダ全体を縛り上げるためのロープだ。長さが必要なのはもちろん、数も二、三本じゃ足りない。イカダに何重にもロープを巻いて、少しでも固定できるようにしないと。

部屋には珠理もいた。ただ、こっちは寝袋の上で横になっていた。本人は自分も手伝うと言い張ったのだけれど、これぱかりは俺たち全員で止めたのだ。

「できたか？」

「あともう少し」

部屋に入った俺がたずねると、作業を続けながら、令依菜が答えた。

一方、部屋の隅に座りこんだ夏芽は、俺の言葉に応じず、黙々と手を動かしている。

その表情は決して明るいとは言えなかった。

「夏芽、できたか？」

俺が夏芽に近づいて、もう一度声をかけると、夏芽はやっと「え……ああ、うん」と返事をした。顔色はやっぱり冴《さ》えなかった。

「夏芽？」

「……のっぽくんも、このイカダに乗るよね？」

ほんの少し沈黙を挟んでから、夏芽はそんなことを俺にたずねてきた。

言葉を返したのは俺じゃなく、離れたところにいた令依菜だった。

「あいつのせいなのに？」

「このまま置いていくなんて……団地が沈んで、のっぽくんも死んじゃうよ」

「人間じゃないんでしょ？　イヤよ」

令依菜が吐き捨てるような口調で拒んだ。

夏芽は手に持った電源コードを握りしめた。

「でも……」

「それに、あいつと一緒にいたら、やっぱり帰れないんじゃないの？」

「え——」

「だって、あいつが連れてきたんでしょ」

「そんなの……まだ分からないよ」

「もうやめてよ」

令依菜が今度は心底うんざりしたように言った。

夏芽は何かをこらえるように目を伏せていたけれど、急に顔をあげて、近くにいた俺のことを見上げた。

「ねえ、航祐」

「………」

「のっぽくんは私たちとずっと一緒にいたんだよ。今だけじゃない。ずっと……ずっと前から、私たちと一緒だったんだよ！」

俺の脳裏に、屋上で聞いたのっぽの言葉がよみがえる。

——僕は君たちの笑顔が本当に好きだったんだと思う。

けど。

だからって——。

「そんなの、放っとけるわけないよ」

「あんたはね」

令依菜の声に苛立《いらだ》たしさが加わった。でも、夏芽はそれを拒否するように、

「一緒に帰れないなら、私はここから出たくない！」

「ちょっと、あんた！」

とうとう令依菜が怒った。

でも、俺の方はもっとだった。

「そんなこと言うなよっ！」

令依菜がそれ以上何か言う前に、俺は夏芽のことを腹の底からの大声で怒鳴りつけた。

「だからって、お前まで死ぬことねえんだっ！　ぐちぐちすんのも、いい加減にしろっ！」

夏芽が大きく目を見開いた。

間違いなくショックを受けた顔をしている。

そうして、夏芽は「そうだね、はは……」と乾いた笑い声をあげた。

「また、余計なこと考えてるよね、私……」

夏芽の瞳《ひとみ》が虚《うつ》ろだった。

そんな夏芽を見て、俺も我に返った。瞬間的に沸騰した頭が一気に冷える。

夏芽がうつむいた。俺は何も言えない。けれど、そんな俺の後ろから、譲が大きな声をあげた。

「ちょっと待って！」

いつもはどっちかっていうとのんびり屋の譲が、切羽詰まったような表情をその顔に浮かべていた。

「お、俺は令依菜の言うことも分かるけど——でも！　のっぽを置いて、俺たちだけで帰れても、そんなの……そんなのヤだよ！　ひどいよ……」

最後は譲の声が涙で潤んだ。

これを聞くと、令依菜も決まり悪そうによそを向いて、

「私だって、好きで言ってるわけじゃ……」

「そうだね」

令依菜の小声にかぶせるようにして譲に同意したのは、いつの間にか寝袋の上で起き上がっていた珠理だった。

「今は仲間割れするのが一番ダメだよ。のっぽくんのせいって決まったわけでもない

し」

「でも……」

「私が傍にいるから安心して。令依菜ちゃん」

珠理にいつもの笑顔を向けられて、令依菜が不承不承といった様子で黙りこんだ。

「みんな、ごめん」

そして、俺も自分がカッとなったことをみんなに謝った。

珠理の言う通りだ。

今は仲間割れなんかしてる場合じゃない。

「迷ってる暇はないな。全員で脱出しよう」

全員ってのは、のっぽも含めて、って意味だ。

俺はもう一度、夏芽の方を見る。

夏芽は自分の膝《ひざ》を両手で抱えこみ、俺に視線を向けなかった。


その後は作業に集中することにした。

もちろん俺は屋上にも行き、のっぽに声をかけた。一緒に行くぞ、って。

のっぽはどこかさびしそうな顔をしながらも、俺の言葉にうなずいた。

昼過ぎくらいから降り始めた雨は、一向にやむ気配がなかった。

そのせいか、イカダの拡張作業は予想以上に手間取った。というのも、天候が荒れてきて、海も少し荒れ模様になったからだ。イカダはその大きさからいって、団地の中で作業するわけにはいかない。海に浮かべた状態でやるしかない。

雨の中、俺たちは作業を急いだ。

必要な浴槽を取り外し、外の海まで運ぶ。もちろん、作業はそれだけじゃない。団地から持ち出す荷物も選んでまとめる。手ぶらで海に出ようものなら、それこそ、本当に死ぬからな。

あわただしく団地内を行き来していた俺は、途中、階段のところで夏芽に出くわし、驚いた。

「お前、それ」

夏芽が一人で浴槽を抱えて、階段を下りようとしていた。

この団地の浴室に備えつけられた浴槽は、元々そんなに大きくはない。一人で絶対に持てないってことはないが、だからって、それを持って階段を下りるのは結構きつい。案の定、階段の途中で夏芽はバランスを崩しかけた。俺はあわてて駆け寄り、夏芽と反対側から浴槽を支える。

「はあっ、はあっ……これでみんな乗れるでしょ？」

夏芽は息を切らしながら、そんなことを口にした。

そっか。

これはのっぽの分っていうか、とにかく、イカダのスペースを広げるための浴槽ってことか。

「今からやれるか？」

「大丈夫。がんばるから」

そう言って浴槽を持つ夏芽の左手には、包帯が巻かれていた。

あの時の怪我だ。

珠理を助けた時、鉄筋でこすった手のひら。いや、よくよく見れば夏芽の怪我は手のひらだけじゃない。ナラハラで切った膝だって、まだ包帯を巻いている。

俺はそれを見てから、

「夏芽。さっきはその……」

「ううん」

でも、夏芽は俺にそれ以上言わせず、浴槽を抱え直した。運ぶのを手伝おうとする俺のことを拒むように、自分だけで浴槽を持つ。

「ごめん。もう何も言わないから」

「夏芽」

俺が呼びとめても、夏芽は浴槽を一人で抱え、そのまま二階へ下りていった。


夕暮れ時になって、イカダの方がやっと形になってきた。

団地は二階の床が海水に浸《つ》かりつつあった。ただ、浸水がこのペースでしか進まないなら、まだ間に合う。少なくとも、あさっての夕方くらいまでは、団地全部が沈むってことはないだろう。

さらに夜が更け、深夜になると、話し合った結果、俺たちは休むことにした。

一日中、作業をして、全員くたくただったたし、夜の暗さの中じゃ作業も思うように進められなかったからだ。

「残りは明日《あした》だな」

「ああ……」

疲れきった体を抱えて、俺たちは404号室に戻った。

そのくせ、俺も含めて全員、畳の上で横になっても中々寝つけないようだった。

※

考えが甘かったことをまた思い知らされたのは、翌日のことだった。

４０４号室の寝室でうつらうつらしていた俺は、足元の妙な感触で目を覚ました。

鼓膜を撫《な》でるのは、ちゃぷちゃぷという音。

「え……」

足先が海水に浸かっている。

「水だ！」

俺が叫ぶのとほぼ同時に、誰かが部屋に駆けこんできた。のっぽだった。

「みんな、早く」

「のっぽ！」

「うわっ」

同じ４０４号室で寝ていた太志や令依菜たちも飛び起きた。

問題は水だけじゃない。

立ち上がった俺はすぐにそれに気づいた。

足の下の畳が斜めになっている。

「部屋が傾いてる……」

「なにこれ!?」

令依菜が叫んだ。

時刻はもう昼をとっくにすぎてるみたいだった。くそっ。完全に寝過ごした。昨日、夜遅くまで作業をしていた上に、中々寝つけなかったせいだ。けど、予想だと、水がこの部屋まで入ってくるのは、もう少し後だったはずなのに。

また団地のどこかが崩れて、浸水のペースが上がってしまったのか？　分からない。とにかく、はっきりしているのは、水はもうここまで迫っていて、団地は沈む直前ってことだ。部屋が傾いているのはきっと団地の片側、衝突で壊れた部分がより深く海の中へ引きずりこまれているせいに違いない。

「イカダは!?」

「あともうちょっと！」

俺の問いに、譲が緊迫した声で答えた。

「荷物は!?」

こっちの質問には太志が返事をする。

「まだ残ってる！」

「急いでやるぞ！」

俺の声を合図に、全員がそれぞれの場所へ散った。

浸水がさらに進む。

足を水に浸しながらも、俺たちは大急ぎで作業を進めた。

４０４号室の居間でリュックを手に取ると、俺は詰めこめるだけの荷物を詰めこんだ。

きついファスナーを無理やり引っ張って閉じる。そこでふと、近くにあった部屋の柱に目をやった。

俺と夏芽の身長を測った跡が残っている柱。

胸の内で、さびしさと悲しさが入り混じったような、複雑な思いがこみ上げてくる。でも、今はそんな感傷に浸ってる場合じゃない。

「航祐！」

玄関の外に出て、イカダの作業をしていた太志が戻ってきた。

「イカダ、もう行けるよ！」

「分かった。これで最後だ」

そう言って、俺はリュックを太志に手渡した。

リュックを受け取った太志はまた玄関の方に走りながら、

「早くこいよ！」

「すぐ行く！」

太志に答えつつ、俺は404号室の中を見て回った。譲や令依菜、珠理はそれぞれ必要な荷物を持って、もう404号室の外に出ている。何か忘れているものはないか、確認するつもりだった。

そうしていたら、そいつを見つけた。

玄関に近い部屋、じいちゃんの書斎。

もちろん、ここにもすでに水が入りこんでいた。

その部屋で、水に足をつけながら、夏芽がぽつんと突っ立っていたのだ。

「えっ、おい、バカ！」

俺は声を荒らげた。

「まだいたのか！　早く出るぞ！」

夏芽は首だけを回して、ゆっくりと振り返った。

「安じいの部屋……」

これには俺も口を閉じる。俺だって夏芽と同じで、この団地が沈むことに、何も思わないわけじゃない。

部屋に溜《た》まった水の中をバシャバシャと歩いて、俺は夏芽に近づいた。声はかけず、こっちに背を向けた夏芽の肩に手を置く。

夏芽は首を元に戻して、じいちゃんの書斎に視線を向けていた。けれど、一通り部

屋の中を見回すと、自分の目元を手でぬぐい、

「ううん、大丈夫」

そう言って、夏芽はまた俺の方を振り返った。

「行こう、航祐」

夏芽の顔に笑みが浮かんでいた。その笑顔が本心からのものなのか、俺には分からない。そして、それを確かめることもできなかった。

「⁉」

「っ！」

突然、部屋が大きく揺れた。いいや、揺れただけじゃない。元々傾いていた部屋の床が、さらに大きく傾く。続けて、窓から一気に入りこんでくる大量の海水。

「うわっ」

「きゃっ！」

たまらず、俺と夏芽はよろけた。互いの体を支えようと手を握る。けれど、水の勢いは激しかった。足元をすくう海水の流れに、俺と夏芽は手をつないだまま、二人一緒に呑《の》まれそうになる。

――ヤバいっ。

そう思った瞬間、水の中に倒れこもうとした夏芽の腕を、俺じゃない誰かがつかん

だ。

「くっ……」

「のっぽ！」

「のっぽくん！」

のっぽだった。玄関近くの柱に片手でつかまり、必死の形相で夏芽と、その夏芽と手をつないだ俺のことを支えている。

「こんなところで死んじゃ、ダメだ！」

激しい水音の中で、のっぽが叫んだ。


のっぽに助けられた俺たちが、必死の思いで団地の屋上に出ると、その時にはもう、外の海面が団地の五階に迫ろうとしていた。

いや、建物全体が斜めに傾いているせいで、五階どころか、屋上の一部もすでに海に浸《つ》かりつつある。

「急げえーっ！」

まだ海面に出ているコンクリートの上で、譲が叫んだ。そのすぐ傍の海には屋上とロープで繋《つな》がれたイカダが浮かんでいた。

「早く！」

俺は夏芽とのっぽに声をかけながら、斜めに傾いた屋上を走った。

空は黒い雲で覆われていた。風雨が強まり、海も荒れている。嵐がすぐそこまで近づいているようだ。屋上に叩《たた》きつけられて上がる水しぶき。

転がるようにしてイカダの傍にたどりつくと、俺は譲と夏芽を先にイカダに乗せた。太志や令依菜たちはもう、イカダに乗りこんでいる。俺はそれを横目で見ながら、イカダと屋上を結んでいたロープをほどきにかかった。

「準備はいいかっ？」

「こっちはいけるよ！」

俺が呼びかけると、譲が応じた。

「ほら、のっぽくん！」

イカダの上から、夏芽がまだ屋上に残っていたのっぽを促した。

「のっぽっ、早く乗れ！」

俺も大声で急《せ》かした。けれど、どういうわけか、屋上の縁に立ったのっぽは動かなかった。

「…………」

「のっぽくん！」

「のっぽ！」

何やってんだ、こいつ！

ロープをほどいた俺は、もう待ってられないとばかりに、のっぽの肩をつかんで、一緒にイカダに飛び乗ろうとした。

ところが、

「あっ！」

高い位置にあるのっぽの肩をつかもうとした途端、俺は逆にのっぽから突き飛ばされた。予想もしていなかったことだ。避けられない。突き飛ばされた俺はバランスを崩し、そのままイカダの上に倒れこんだ。そして、それを見てから、のっぽが欠けていない方の足で、イカダを蹴《け》った。屋上からイカダが離れ始める。

「なっ……！」

荒れた海に乗り出したイカダの上で、全員が驚きの声をあげ、夏芽が叫んだ。

「のっぽくんっ、なんでっ！」

屋上に残ったのっぽは、俺がほどいたロープも海に投げ込んでしまった。

そして、離れていく俺たちに向かって、静かな声で告げた。

「僕はこのままいくよ。だから……ごめん」

イカダは波に翻弄《ほんろう》されていた。上下に大きく揺れる。のっぽに突き飛ばされた俺は、不安定なイカダの上でなんとか体を起こした。

そんな俺の横で、夏芽が魂を抜かれたような表情を浮かべている。

そして、夏芽は、

「もう……お別れなんて……」

焦点の合ってない目でそんなことをつぶやいてから、ぎゅっとまぶたを閉じた。

「もう、嫌だよっ!!」

絶叫して、夏芽は不安定なイカダの上で立ち上がった。

「待てっ!」

瞬間的に夏芽の考えていることが分かった俺は、その体に飛びつこうとした。でも、間に合わない。

「!」

伸ばした俺の手の先で夏芽が海に飛びこんだ。波に逆らって水をかき、離れていく屋上に向かって泳ぎ出す。

「夏芽えええっ!」

譲が叫んだ。

俺もまた、

「夏芽!　このバカッ、戻ってこいっ!」

大声で呼んだけれど、夏芽は聞く耳を持たない。

俺は近くにあったロープを手に取った。屋上とイカダを結んでいたあのロープだ。

海から引き上げ、力いっぱい投げる。

「夏芽っ」

でも、ロープの先は海を泳ぐ夏芽に届かなかった。そのすぐ後ろに落ちる。夏芽は振り返りもしない。

「だめだっ！　無茶だっ！」

海は荒れている。ロープは命綱だ。これがなかったら、二度とイカダに帰ってこれないかもしれない。最悪、溺《おぼ》れることだって――。

「くそっ！」

やぶれかぶれになって、ついに俺も海へ飛びこんだ。

「熊谷っ！」

後ろで令依菜が悲鳴をあげるのが聞こえた。

「太志、漕《こ》いで戻るぞっ！」

「お、おうっ！」

そして、譲と太志の声。

俺はそんなみんなの声をイカダに残して、

「夏芽っ……うっぷっ……戻ってこいっ！　夏芽ええええっ！」

叫びながら、海を泳ぎ始めた。


海水は前に潜った時よりさらに冷たかった。

そして、それ以上に波がきつい。

プールで泳ぐのとは全然違う。波にあおられて、体ごと引きずられていくようだ。

押し寄せる波のせいで、前もろくに見えやしなかった。

夏芽どころか、その先にあるはずの団地さえ、はっきり確認できない。

そんな中で、声だけはかすかに聞こえた。

「夏芽、来ちゃダメだっ！」

この声は、のっぽか！

「のっぽくん！　早く！」

そして、ほぼ同じ方角から夏芽の声。ってことは、あいつ、団地まで泳ぎ着いたのか。でも、そんなことしたって意味がない。団地はもう沈む。一度は屋上に上がったとしても、そのあとはすぐ海の中だ。

「……ごぼっ、夏芽ええええっ！」

俺は半ば海水を飲みながら、なおも叫んだ。

「夏芽ええええっ！」

視界があいかわらず波でさえぎられる。

「うっぷ……なんで……行っちゃうんだよおっ！　うっ、このバカ……ごっ！」

その時、ひときわ大きな波が俺の顔面に押し寄せた。そのまま俺は波に呑《の》まれてしまう。頭まで水に浸《つ》かる感触。

だが、海中に俺が引きずりこまれそうになったところで、誰かの手が俺の腕をつかんだ。

「航祐っ！」

譲だった。

こっちも海に飛びこんで、俺のことを追いかけてきたらしい。しかも、その手にはロープが握られている。イカダと繋がっているやつだ。

「ぶはっ……」

海に沈みかけた俺は譲の手で引き上げられた。

「夏芽が！　夏芽をっ！」

ただ、その俺の言葉は譲に届かなかった。というか、譲は俺の訴えを聞いてくれなかった。

「引っ張ってくれええっ！」

譲が叫ぶと同時に、俺の体は団地とは反対側の方向に向かって、海の上を進み始めた。イカダの上で太志や令依菜たちがロープを引っ張っている。

「だめだっ！　うっぷ……戻るんだよッ！　夏芽えええっ！」

海がますます荒れている。

どれだけ叫んでも、もがいても、俺はそれ以上、団地に近づけなかった。

太陽が沈んだのか、雲に覆われた空が暗くなっていた。

「うぅ……くそっ！」

引き上げられたイカダの上で俺は四つん這《ば》いになり、拳《こぶし》をイカダに叩《たた》きつけた。あれからもう、結構な時間が経ってしまっている。

「くそっ、夏芽！　どうすりゃ……どうすりゃいいんだ！」

誰かが俺の背中に手を置いた。

令依菜みたいだった。でも、今の俺にはそれに応《こた》える余裕もない。夏芽が……あのままじゃ、夏芽が団地と一緒に海の底へ沈んでしまう。絶対に助からない。

どうしたら——。

他のみんなは誰も口を開かなかった。

風が強い。視界は降りしきる雨と波に閉ざされ、夏芽の姿も団地も見えない。

そうして、全員が押し黙ったまま、どれくらいの時間が過ぎただろうか。

「え……光ってる」

不意に譲がつぶやいた。

その声を聞いて、夏芽のことで頭の中がいっぱいだった俺も、ようやく周りの異常に気づいた。

イカダの周囲が光に包まれていた。血管のようにイカダを包みこむ青い光の筋。

これはあの光だ。団地の空や、デパートで見た光。

「なに？」

今度は令依菜が驚きの声をあげた。

というのも、急に俺たちのイカダの動きが変わったからだ。それまではただ波に翻弄され、流されているだけだったイカダ。それがまるで、突然エンジンやモーターでもついたかのように、ある方角へ向かって進みだした。

「動いてるぞ」

「どういうこと？」

譲と令依菜がきょろきょろと辺りの海を見渡す。

小さくつぶやいたのは珠理だった。

「これ、もしかして、元来た方向に戻ってない？」

「え⁉」

元来た方向って……離れていった団地の方角って意味じゃなく、その逆って意味か？　つまり、団地の進行方向じゃなく、その反対方向。海を漂流する前の団地があった方角。

イカダを包みこむ青い光がさらに強くなった。

と同時に、光は周囲の暗い海の景色すら変えた。

イカダだけじゃなく、俺たちの頬も撫《な》でた光は、やがて、イカダが進んでいる方向に何かの影を映し出す。

それを見た瞬間、俺だけじゃなく、全員が息を吞んだ。

「母ちゃん、みんな……」

譲が呆然《ぼうぜん》としていた。

その譲の正面の海に、五人の人影が立っている。俺も知っている顔だった。譲のお父さん、お母さんに、妹と二人の弟たち。

さらに言えば、海上にたたずんでいるのは、譲の家族だけじゃない。

太志の前には、太志の両親と姉ちゃんがいた。中学生で、いつも派手な格好をしてて、太志には結構いじわるだけど、俺や譲には優しい姉ちゃんだ。

令依菜の前には、きれいな服を着た大人の男女が二人いた。会ったことはないけれど、多分、令依菜の両親なんだろう。

珠理の前には、お父さん、お母さんらしい人と、お姉さんらしい人の姿があった。お姉さんも珠理と一緒で眼鏡をかけている。

——そうだ。

あれは俺たち全員を待ってくれている家族の姿だ。

「ああ……」

こらえきれなくなったように、嗚咽《おえつ》を漏らしたのは令依菜だった。

「私たち、帰れるん……だよね……」

「うん……」

珠理も泣き声で応じる。

「太志、俺たち……」

「うん……」

譲や太志も泣いている。

ただ、そんな中で、立ち上がって同じ光景を見た俺だけは声を失っていた。

俺の前には俺の家族の姿がある。母さんと父さん。

それはいい。いいんだ。俺だって、今その姿を見たら、みんなと同じで泣きだしてしまいそうになる。やっと父さん、母さんの待っている家に帰れるかも、って。

でも、俺の父さんと母さんの隣にもう一人、別の女の人が立っていた。

夏芽のお母さんだった。

離婚したお父さんの方はいない。今、夏芽が一緒に暮らしているお母さんの影だけがそこにある。

だけど。

夏芽の姿がこっちにない。

待ってくれてる、あいつのお母さんはあそこにいるってのに――。

「夏芽……」

絞り出すようにその名をつぶやき、一度立ち上がった俺は、またずるずるとイカダの上に膝《ひざ》をついた。

「このまま帰っても……あいつがいない……」

俺の言葉に、泣いていた譲たちがハッとしたように振り向いた。

その時、俺は自分のすぐ傍で、あの青い光がまた強く輝くのを見た。雷光のように宙を走った青い光。今度はイカダの進む方角じゃなく、俺たちの背後に伸びる。

つられるようにして振り返った俺の目に、その光景が映った。

「っ！　夏芽！」

暗闇の中にぼんやりと夏芽の姿が浮かんでいた。

「こっちに来い！」

反射的に叫びながら、俺は手を伸ばした。けれど、まったく届かない。

夏芽の背後には漂流している団地の建物も浮かび上がっていた。

夏芽が何も言わず、俺たちに背を向ける。離れていく団地の後を追うように静かに歩き出す。

「おいっ……待てって！　なんで、そっちに行くんだよっ。お前、一緒に帰ろうって言ったじゃん！　夏芽っ」

俺の声を聞いて、一度だけ夏芽が肩越しに俺の方を見た。さびしそうなその表情。でも、戻っては来ない。夏芽はまた前を向いて、団地の方へ歩いていく。

「夏芽えええええっ！」

俺は自分がどこにいるのかも忘れて、夏芽の後を追おうとした。けど、そんな俺の後ろから、令依菜が泣きながら抱きついてきた。

「だめっ！」

「だめだっ、航祐！」

譲も令依菜と同じように俺に飛びつき、俺の体を両手で抱えこんだ。また海に飛びこもうとした俺のことを、二人がかりで押さえこむ。

「放せっ！　夏芽えっ！」

「熊谷あっ、行かないでぇっ！」

「航祐っ！」

「夏芽っ、夏芽えええっ！」

どれだけ暴れても、二人は俺の体を放してくれなかった。


青い光の先にもう夏芽の姿はなかった。いや、そもそも光自体が消えている。

みんな、泣きじゃくっていた。

「くっ……」

イカダの上で腹這《はらば》いになった俺は、令依菜と譲の手に抵抗するのをやめて、うめいた。

「こんなのイヤだ……こんなんで、帰れるかよ。俺はぜってえ、あいつを、あのバカを……！」

どうする？　どうすればいい？　あきらめるなんてできっこない。でも、今の俺には何もできない。

自分の無力さに俺は歯がみする。

夏芽っ――――！

だけど、俺がもう一度、荒れる海に向かってその名を叫ぼうとした時、

「なんだ⁉　あれ」

譲が大声をあげた。

さすがに俺も体を起こし、譲の見ている方向を振り向いた。

「！」

そこに異様なものがあった。

イカダが進んでいた方角の海。さっきまで見えていた俺たちの家族の影が消えている。あの青い光が消えたせいだろうか。

ただ、そっちから、今度は巨大な何かがイカダに近づきつつあった。

「これって……」

とうとうイカダの横にまで来たその何かを、譲があんぐりと口を開けて見上げた。

全体の形は丸い。高さはちょっとしたビルくらいはあるだろう。普通の船や建物じゃなかった。剝《む》き出しになった太い鉄骨と、円形にいくつも並んだゴンドラ。ここが海の上じゃなきゃ、どこの遊園地に迷いこんだのかと思ったかもしれない。

そう。

それは観覧車だった。古ぼけた大きな観覧車。

団地以上に、海に浮かんでいい代物じゃない。けれど、浮かんでいる。吹き荒《すさ》ぶ風の中、まるで巨大なヨットのように堂々と直立し、海上を進んでいる。

観覧車の輪の中心には、これまた古ぼけ、色褪《いろあ》せた看板があった。何か文字が書かれている。

——やしま。

観覧車がさらに近づくと、看板のそんな文字がはっきり見えた。そして、

「あっ！」

どういうわけか、令依菜が急に叫び声をあげた。看板の文字に見覚えがあったんだろうか。

俺もその令依菜や譲たちと同じように巨大な観覧車をあぜんとして見上げていた。

けれど、その時、俺はあることに気づいた。

海を渡る観覧車。

その観覧車のゴンドラの一つから、太いワイヤーが垂れ下がっている。

しかも、斜め後ろに伸びたそのワイヤーの先は、海面に到達していた。ワイヤーが俺たちのイカダのすぐ傍まで近づいている。

まるで、これをつかめ、と言わんばかりに。

「っ！」

ハッと我に返った俺は、思いっきり海に向かって手を伸ばした。

interlude 3　観覧車にて

——声が聞こえたから。

そんな理由、笑われてしまうだろうか。

だが、少女からすれば、今この瞬間に起きていることが偶然だとは、どうしても思えなかった。

この広い海で奇跡のように邂逅《かいこう》した、あのちっぽけなイカダと、少女の乗る観覧車。

相手に呼ばれたのか？

それとも、観覧車自身がそれを望んだのか？

もちろん、少女には分からない。この海を漂流する他の建物の少年少女たちと同じように、少女もまた自分のことしか分からないからだ。

「よし！　移れたぞ！」

「イカダが離れてかないようにしないと！」

「太志っ。ロープを柱に結べ！」

「おうっ」

嵐の中、間近に近づいた手作りのイカダから三人の男の子と二人の女の子が、少女のいる観覧車に乗りこんでくる。

観覧車乗り場の物陰から、少女はそんな彼らの姿をじっと見つめていた。

いや、正確に言えば、彼らの中の一人の姿を、だ。

「珠理！　こっちに手を伸ばしてっ」

長い髪をポニーテールの形でまとめた女の子。気の強そうな眼差《まなざ》しは、昔とほとんど変わっていない。でも、昔と変わったところもあるようだった。こんな状況下にあっても、その女の子は泣きべそをかいて駄々をこねたりしていない。小さいころ、一緒に来たお父さんとはぐれて迷子になった時は、泣きだして一歩も動けなくなっていたのに。

——やっぱり偶然とは思えない。

少女がまたそう思った時、うねる海を進む観覧車の速度が少し上がったようだった。

波を割り、水しぶきをあげて、一直線にその方角へ向かっていく。

「団地の方に近づいてる！　これなら……」

「航祐、ほんとにやる気かっ？」

乗りこんできた子たちの会話を聞きながら、少女は一度、まぶたを閉じた。

もし、偶然でないのなら——。
自分にも手伝えることがあるのかもしれない。
まぶたを開くと、少女は物陰の外に向かって一歩、足を踏み出した。

interlude 4　団地にて

空がますます暗くなり、雨を伴った強風が一層、海を荒れさせていた。

もはや台風に等しい嵐の中、団地の屋上で、少年は彼女の途切れ途切れの言葉を聞いている。

「もし……私が戻らなかったら、お母さんはどうするんだろう……」

すでに団地は屋上と五階のごく一部を残して、ほとんどが海に沈んでいた。

「はは……きっと、その方がお母さんは楽なんだ……私がいたから、お母さんたちはバラバラになっちゃったんだもん。……そうだよ。みんなも、私のせいでバラバラに――」

かろうじて海面から出ている焼却炉の煙突につかまり、少年と彼女は海に落ちるのをこらえていた。何度も何度も顔や手足に叩《たた》きつけられる、冷たい水飛沫《みずしぶき》。そんな中にあっても、彼女の言葉はやまない。

「航祐だって！　私の勝手で、安じいとお別れできなかったんだよ……私が人の家に土足で上がって、邪魔してたんだよ……」

あるいはもう、彼女自身も自分が声を発していることを自覚していなかったのかもしれない。少年が知る限り、彼女はそういう自分の想いを人前で口に出したりはしない子だからだ。

「私が……私なんか、いなくなった方がいいんだ……。う、うぅ……でも」

そこで、彼女の声に嗚咽《おえつ》がまじる。

「こわい……こわいよぉ……」

押し寄せ、自分たちを呑《の》みこもうとする荒波の中で、彼女が当たり前の感情を初めて言葉にした。

それを聞きながらも、少年は何も言えなかった。

今も昔も、彼女を励まし、その怯《おび》えた心を救うことは、少年にはできない。

それができるとしたら、きっと——。

「……夏芽えぇぇぇぇっ！」

叩きつける雨の中、その声を聞いた瞬間、彼女がハッと顔をあげた。

9　一緒に

「夏芽えええええっ！」

暗い海の先、やっと見えてきた団地に向かって、俺は叫んだ。

風がうなり、海は荒れに荒れている。時刻は完全に夜だ。きっと、海に浮かぶのが団地だけだったら、何も見えなかったに違いない。ただ、幸いというか、不思議なことに、俺たちが今乗りこんでいる観覧車にはきらびやかなライトが灯《とも》っていた。その光が波の向こうにある団地の屋上――海面から出ている焼却炉の煙突と、そのわずかな周辺部分を照らしている。

「おおおいっ！」

「夏芽ちゃああんっ！　のっぽくうううんっ！」

俺だけじゃなく、太志や珠理も叫んだ。

やがて、観覧車がさらに団地へ近づき、煙突のはしごにつかまっている夏芽とのっぽの姿が、はっきりと確認できるようになった。

「譲っ！」

「おう！」

俺の合図を受けて、譲が持っていたロープを思いっきり放り投げた。もちろん、ロープの先にはフック兼重石《おもし》代わりのスパナがくくりつけられている。

スパナはこんな大雨と風の中でもきれいに弧を描いて宙を飛び、そのまま団地に到達した。夏芽たちのいる煙突も飛び越え、団地の屋上の向こう側に落ちる。これでスパナが建物に引っ掛からなかったら、あっちにいる夏芽やのっぽの手でロープを固定してもらう必要があったけど、

「よっしゃあ！　繋《つな》がったぞ、航祐っ！」

譲がロープを引くと、それはピンと力強く一直線に張った。

よし！

うまいこと、何かに引っ掛かったようだ。

「ナイスパスッ！」

俺は譲にサッカーの試合中と変わらない言葉を投げると、観覧車を取り囲む手すりの上によじ登った。手に持っているのは、中央部分がほんの少しへこんでいる鉄の棒。それをロープに引っ掛け、ぶらさがる。ナラハラの時と同じ要領だ。これでロープウェイみたいに滑って、あっちに渡る。

「航祐っ！」

こっちの意図を悟ったのか、団地の方で夏芽が悲鳴にも似た声をあげた。

ったく、ここまできて、そんな声あげるくらいなら、そもそも団地に戻ったりすんなっての。

俺は大きく息を吸いこんだ。そうして、

「いくぞおっ！」

掛け声と共に、足の下にある手すりを蹴《け》った。

一瞬、ロープがたわんで、自分の体が沈む。けれど、下の海に落ちるようなことはなく、俺の体は一気に前へ進んだ。

「うおおおおっ！」

迫る屋上。

タイミングを合わせて、俺は持っていた鉄の棒から手を放し、夏芽たちのいる屋上に飛び移った。ナラハラの時より断然うまくいった。二回目ってのも大きかったのかもしれない。でも、これで終わりじゃない。問題はここからなんだ。

滑るようにして屋上に降りた俺は、すぐさま立ち上がった。

「な、なんで来ちゃったんだよっ！」

雨の中、夏芽が怒りすら含んだ声で俺にかみついてくる。けど、今はそんなの聞いてる場合じゃない。

「どけ！」

俺は夏芽を押しのけるようにして焼却炉の煙突に近寄ると、自分の腰に巻いていたワイヤーをほどいた。こっちに渡る時に使ったロープとは別のワイヤーだ。頑丈な鉄線を何重にも束ねたタイプで、かなり太い。

「どうするつもりっ？」

「このワイヤーで」

問いかけてきた夏芽に答えながら、俺は煙突にぐるぐるとワイヤーを巻きつけた。

「観覧車に引っ張ってもらう！」

夏芽とのっぽを助けるだけなら、本当はこんなことをする必要はなかった。二人と一緒に、あっちの観覧車に移ってしまえば済むことだ。けど、のっぽのやつがこの団地から動こうとしない。夏芽もそれを見捨てられない。なら、こうするしかない。

煙突にワイヤーを巻いた俺は、さらに余ったワイヤーを引っ張り、屋上と団地の五階を繋ぐ蓋《ふた》の土台にワイヤーを結んだ。普通に考えたら、こんなの無茶だ。いくら太いワイヤーだからって、これ一本で、沈みかけた巨大な団地の建物を引っ張っていけるとは思えない。でも、今は他に方法がない。

「よし！」

ワイヤーを結び終えると、俺は観覧車側に向かって手を振った。

「繋がったぞーっ！」

あっちにいる譲と太志も手を振り返してきた。嵐の中、聞きとりにくいけれど、かすかに声も聞こえる。

「やったぞ、太志っ」

「航祐！」

互いにそんな言葉をかけあっているようだった。

観覧車の乗り場には、令依菜と珠理の姿もあった。

「熊谷っ……あっ！」

ただ、こっちに身を乗り出した令依菜が、そこで台風並みの強風にあおられたのか、バランスを崩した。観覧車乗り場は階段の上にある。そして、階段の下には観覧車の土台となるコンクリート部分があって、その先はすぐ海だ。

「令依菜ちゃんっ！」

階段から落っこちそうになった令依菜を見て、珠理が叫んだ。けれど、その時、珠理の陰からサッと誰かが飛び出してきて、令依菜の手をつかんだ。

女の子だった。

ひらひらした服を着ていて、結構背が高い。見た目だけの話をすれば、中学生くらいかもしれない。だけど、そんなことより目をひくのは、その変色した腕や首筋だと思う。まるで金属が古くなって、さびてしまったような肌。コケや葉っぱも生えている。俺たちが観覧車に乗りこんだら、そこにいた女の子。

のっぽと同じで、きっと人間じゃない。

でも、優しい目をした子だった。そして、俺たちを手伝ってくれた。俺がこっちに渡る時に使ったロープだって、自分たちで見つけたんじゃなく、あの子が渡してくれたものだ。今も令依菜のことを助けてくれたらしい。

「…………」

「…………」

助けられた令依菜がその子と何か話をしている。さすがにここからだと遠すぎる上に、風や波の音にさえぎられて、どんな言葉を交わしているか聞き取れない。けど、とにかく令依菜もあの子も無事みたいだった。

海を進んでいた観覧車が、沈みかけた団地の横を通り過ぎようとしていた。

ここからだ。

令依菜の無事を確認した俺は、改めて巨大な観覧車を仰ぎ見た。

ワイヤー一本で団地を支えられるかどうか。

嵐の中、場違いなほどキラキラした光をまき散らしながら、俺の目の前を進んでいく観覧車。半ば祈りをこめて、俺はその姿に向かって腕を振り上げる。

「いけっ！」

「バカあっ！」

でも、そこで突然、俺は横から思いっきり罵声《ばせい》を浴びせられ、ついでに頬を叩《たた》かれた。


「こんなことして！」

俺のことをひっぱたいたのは夏芽だった。

しかも、叩いただけじゃ終わらず、夏芽は俺の胸倉をつかんできた。

強く胸を押されて、俺はたまらずその場に尻《しり》もちをついた。

夏芽はそんな俺の上から、

「助けてなんて言ってないよ！　私は……私は大丈夫だったのにっ！」

——このっ。

「大丈夫大丈夫って、お前っ！　どんだけウソつくんだよっ！」

俺もすぐに怒鳴り返した。のしかかってくる夏芽を逆に押し返す。

「ウソじゃない！」

「いいから黙ってろっ！」

もみ合いながら、俺たちは屋上をごろごろと転がった。あやうく海に落ちそうになったところで、俺と夏芽の体がやっと止まる。

夏芽が自分の肩をつかんだ俺の手を振り払った。そうして、雨の中、俺の横で四つん這《ば》いになると、

「なんで来ちゃったんだよっ……こんなの、みんな、死んじゃうよっ！」

だからっ！

「お前がこんなところにこもってるからだろっ！」

夏芽の叫びを上回る声で俺がまた怒鳴ると、初めて夏芽はハッとした顔になって俺を見た。

俺は構わず、

「俺はやっぱりこんなオンボロ団地、嫌いなんだよっ！　お前、隠れて泣いてたのに知らねえフリしたこと思い出すし！　そういう俺を殴ってやりたくなるし！　だし！」

叫び続けながら、俺は自分の拳《こぶし》を屋上に叩きつけた。

「俺ん家《ち》とお前は関係ねえとか言っちゃって、関係大ありじゃん！　お前は土足で上がってねえんだって！　ここは立派なお前ん家だよ！　でも、もう捨ててかなくちゃ

いけねーんだよっ！」

　そこまで口にして、自分の目から涙があふれていることに俺は気づいた。みっともないかもしれない。でも、恥ずかしいとは思わない。

「だって、俺がお前と一緒に帰れねえじゃんっ！　のっぽなんかより、俺の方がなあ！　夏芽と一緒にいたいんだよぉおっ！」

　最後にもう一度、俺は屋上を殴りつけた。

　夏芽は青ざめた唇を震わせていた。

　でも、俺の言葉を聞き終えた瞬間、その顔が歪《ゆが》み、一度「ひっく」としゃくりあげると、

「うぅ、うああああぅ、うあああああああっ！」

　堰《せき》が切れたみたいに、夏芽はわんわん泣き出した。

「ごめんねっ、航祐ええ！　わたしだって、航祐といっじょにいだいっ、がえりだいよお。でも、でもおっ、こんなんじゃああ」

　濁点だらけの言葉で泣き続ける夏芽の首に手を回し、俺は夏芽の額と自分の額を無理やりぶつけた。ゴツンという音。結構痛い。でも、それで夏芽の泣き声が少し弱くなる。そんな夏芽に向かって、俺は、

「大丈夫だって！　一緒なら絶対行けるって。俺が繋《つな》いだら、お前のやることは？」

たずねられた夏芽の方は、泣き腫《は》らした目をしばたたかせた。

俺はそんな夏芽に向かって笑いかけてみせた。

「決まってんじゃん？　あんなに練習したろ？」

やっと夏芽が俺の言いたいことを理解したみたいだった。

小声で、

「……シュートする」

「そうそう。それがツートップの仕事じゃんか」

「うん」

夏芽が素直にうなずいた。

俺は夏芽の手を引いて立ち上がった。

そうしてから、今度はずっと黙っていたのっぽの方を振り返る。

「おい、のっぽ。お前も一緒に帰るんだからな？　分かったな」

「うん……」

「俺たちでこの嵐を抜けるぞ！」

そんなことをしているうちに、観覧車は完全に団地の横を通りすぎていた。団地と観覧車の距離が開くにつれて、その間でだらんと海面に落ちていたワイヤーが、徐々に浮き上がってくる。

「来るぞ来るぞ！」

観覧車側で譲が叫んでいた。

「来るぞおっ！」

俺も夏芽やのっぽと一緒に煙突につかまり、同じ言葉を喉《のど》の奥から絞り出した。

さらにワイヤーが浮き上がり、海面を完全に離れる。

そして、激しい波しぶきが舞う空中で、ぴんとワイヤーが張り、次の瞬間、

「うおっ！」

「きゃっ！」

足の下から衝撃が伝わってきた。

地面が足の裏をほんの少し押し上げるような感覚。もちろん、俺たちの下に地面なんかない。あるのは、沈没しかけていた団地だ。それが俺たちの両足をわずかでも押し上げているということは、

「おおっ！」

団地がワイヤーによって引き上げられてる、ってことだ。

「持ち上がってるぞ！」

「うおおっ！」

観覧車側で太志と譲が大喜びしていた。

「航祐！　やった！」

夏芽もまた感極まったように叫んだ。

「やればできっだろ！」

俺はそれに笑顔で応じる。

――けれど。

俺が夏芽に言葉を返した、その時、

「え……うわあっ！」

いったんはワイヤーで引き上げられたはずの団地が、がくんと大きく揺れた。

interlude 5　観覧車にて

原因は高波だった。

団地を引き上げようとしていた観覧車の前方から、突如として押し寄せた高波。

あおられた観覧車が波の上で大きく浮き上がり、そのせいでワイヤーが激しくたわんだ結果、観覧車側に異常が発生してしまったのである。

「!?」

嵐の中、少女の足元で金属がきしむ嫌な音が響いた。

それを聞いた途端、観覧車乗り場の端に立っていた少女は手すりを乗り越え、真下に飛び降りた。そこには観覧車のエンジンルームがあって、大きな滑車が設置されている。

この観覧車は造りが古い。

ゴンドラを回す仕組みは、現代ではあまり見かけなくなったワイヤー式だった。滑車を通ったワイヤーが観覧車の外輪に掛かり、それでゴンドラを回す。もちろん、今はエンジン自体が止まっていて、滑車は動かない。ワイヤーも途中で切れている。

ただ、それを利用して、観覧車とあの団地を結んだ。

切れたワイヤーの端を滑車に巻きつけて固定し、逆側の端をあの航祐という子に持たせて、団地と繋げた。元々がゴンドラを回すためにぐるりと観覧車を一周していたワイヤーだから、滑車から伸びたワイヤーは一直線に団地へ向かっていない。観覧車のゴンドラが描く大きな円を経由してから、斜め下にある団地に向かって伸びている。

横から見ると、その様はまるで巨大な糸車が海に浮かんでいるようだった。

「うわっ、めちゃくちゃ絡まってるぞ！」

叫び声は、譲という子が発したものだった。

繋いだワイヤーそのものは、団地の重みにも耐えた。

けれど、高波のせいでたわんだワイヤーは、譲が口にした通り、今、不自然な絡まり方で滑車に巻きついていた。絡まったワイヤーから無理な力が加わり、滑車がギチギチと悲鳴をあげている。今にも滑車がその下にある土台部分から引っこ抜かれてしまいそうだ。

――なんてこと。

横から滑車を見た少女は顔を強張《こわば》らせて口を開いた。

「このワイヤーはゴンドラを通って、あの団地に繋がってる……もし放したら、あの子たちを助けられないわ！」

　考えている時間はなかった。

　団地の重みをワイヤーが受けているこの状態で、絡まったワイヤーをほどくことなどできない。ならば、ワイヤーを巻いた滑車の方を何とかするしかない。

　少女はすぐさま行動に移った。子どもたちもだ。

　幸い、使えそうな鉄製のチェーンが観覧車のエンジンルームの隅に転がっていた。子どもたちがイカダから持ってきたロープもある。

　叩《たた》きつけるような風と雨の下、少女と子どもたちは、持ち寄ったチェーンやロープで、滑車と観覧車の柱を結んだ。もし、滑車が土台から引っこ抜かれそうになっても、これで支えようというわけだ。

「つないだぞ！」

「こっちもだぞ！」

　少女が一方の柱にチェーンを結びつけた時、反対側から譲と、さらに太志という名の子の声が聞こえた。

　譲はさらに別のロープを手に取り、

「もう一本つないどくよ！」

「ありがとう。最後にこれを！」

譲に礼を言いつつ、少女は太い鉄パイプを持って、滑車に駆け寄った。

滑車には等間隔でいくつも穴が空いている。

その穴の一つに、少女は鉄パイプを通した。これは一種の留め金代わりだった。鉄パイプの先を滑車の土台部分の支柱に引っ掛け、留める。

しかし、少女が力をこめて、鉄パイプを固定しようとしたその瞬間、

「っ！」

ガコンッ、という大きな音を立て、垂直に立っていた滑車が斜めに傾いた。

滑車が土台から外れかかっていた。

鉄パイプを持っていた少女は滑車の動きに押されて、その場で転んでしまう。

そんな少女の前で、滑車がさらに傾いた。いいや、滑車だけではない。滑車の土台の支柱がギリギリという音と共に、斜めにねじ曲がり始めた。滑車と観覧車の柱を結びつけたチェーンがピンと張る。

ただ、そこで、滑車の動きは急に収まった。

「止まった……」

譲がつぶやき、太志が歓声をあげた。

「やったぞおっ！」

「おおっ！」

だが、そんな喜びは一瞬で暗転した。

再び、ガコンッ、という大きな音。

「うきゃっ！」

滑車と土台の接続部分で大きなボルトが弾《はじ》け飛んだ。そして、土台の支柱がさらに変形した。また斜めに傾く滑車。

「くっ！」

少女は体を起こし、滑車の穴に通した鉄パイプを持って、支柱ごと折れ曲がりそうになっている滑車を支えた。

「うう……！」

「手伝う！」

少女の傍に駆け寄ってきた譲も手を伸ばした。

こちらは滑車に全体重をかけて押す。

「危ないわ！」

「いいからっ！」

少女と譲の反対側では、滑車に結びつけたチェーンを太志がつかんでいた。

「ふぬううっ！」

チェーンの先は観覧車の柱に結んである。一直線に張ったそれを、太志は力任せに引っ張った。もちろん、少女や譲と同じで、折れ曲がりそうになっている滑車を支えるつもりだったのだろう。しかし、滑車に加わっているのは、硬い金属でできた土台の支柱をも変形させる力だ。太志の努力も空《むな》しく、支柱がさらに曲がる。ほぼ同時に、滑車と柱を結んでいたチェーンは限界をこえ、途中でぷっつりと切れた。

「うひゃあああっ！」

支えを失った太志がひっくりかえった。そして、譲と少女もまた、支柱が曲がったことで傾く滑車に強く押された。

「うわっ！」

譲が後ろにのけぞり、滑車から手を放してしまう。

「うぅ……！」

一人、少女だけはその場で踏ん張ったものの、だからといって、滑車や土台を破壊しかねない力に耐えられるものではない。手にした鉄パイプにさらに圧力が加わる。

──このままじゃ支えきれない。

だが、少女がそう思った時、

「こんのおおおっ！」

不意に少女の耳元で別の声がした。

令依菜だった。少女のすぐ傍で、傾く滑車を押している。

「あ、あなた!」

驚きで目を見張る少女の横から、体勢を立て直した譲がまた滑車に手をついた。

「みんなで、ぜってえ帰るぞ!」

懸命に滑車を支えながら譲が叫んだ。

「帰って……みんなで母ちゃんのコロッケ食うんだあっ!」

「オレだって!」

その声は太志だった。こちらも立ち上がり、切れたチェーンの端を持って、必死に引っ張っていた。

「オレだって、みんなでスマ●ラしてえぞおおおっ!」

「私だって!」

令依菜の絶叫に近い声がそこにかぶさった。

「熊谷と一緒にフロリダ行くんだからあああっ!」

「私もでしょ!」

そして、最後に加わってきたのは、頭に包帯を巻いた珠理という名の子だった。令依菜に覆いかぶさるような姿勢で一緒に滑車を押しながら、

「みんなで熊谷くんを助けようっ!」

「珠理!」

「あなたたちっ……！」

全員の顔を見た後で、少女自身もまた覚悟を決めて、鉄パイプを持つ手に力をこめた。

「いくぞおおおっ！」

譲が声を張り上げる。

「鴨小、ファイトオオオオオオォッ！」

おそらく、誰もが精一杯の力を振り絞ったことだろう。

これが協力や友情を競うゲームだったら、彼らは誰にも負けなかったに違いない。

しかし、滑車を引っ張る力は、少女や子どもたちのちっぽけな腕力など物ともしなかった。

バキンッ、という大きな破砕音。

少女が滑車の穴に通していた鉄パイプが折れた。

「ああっ！」

留め金代わりの鉄パイプを失った滑車にさらなる圧力が加わり、今まで以上に滑車が大きく斜めに傾いた。あおりを食って、弾き飛ばされる少女と子どもたち。すでに、滑車は滑車の体《てい》をなしていなかった。土台の支柱はちぎれそうなほど大きく折れ曲がり、地面に対して直立していたはずの滑車が、半ば水平に近い状態でワイヤーに引っ張られている。少女や子どもたちが補強用に観覧車の柱と結んでいたロープやチェーンが、ぶちぶちと切れた。

「ダメッ！」

悲鳴をあげて、令依菜が滑車を持っていこうとするワイヤーにすがりついた。

「放しちゃ、ダメっ！」

「危ないっ！」

少女が制止の声をあげても、令依菜は聞かない。

「放したら、熊谷がっ！」

「令依菜ちゃんっ！」

「くっ！」

少女は令依菜の後ろから飛びついた。

その瞬間、また破砕音がして、滑車が宙に浮いた。

滑車が土台から完全に引っこ抜かれてしまったのだ。と同時に、土台も破壊された。

ぽっきりと折れる支柱、飛び散る部品。

ガシャンガシャンと大きな音を立てて、滑車がワイヤーに持っていかれた。ワイヤーにすがりついていた令依菜の小柄な体もそれに引きずられそうになったが、その寸前で少女が令依菜をワイヤーから引き剥《は》がした。ただ、そこに破壊された土台の破片が飛んできた。少女は自分の体を盾にして、令依菜をかばう。鉄製の部品が少女の背中や腰を直撃し、たまらず、少女はその場に倒れ伏した。

「ああっ、大丈夫⁉」

倒れた少女の傍で、令依菜がまた悲鳴をあげた。

「私のことはいいから……」

少女は弱々しく答えた。

その間にも、土台から引っこ抜かれた滑車は一気にワイヤーによって引き上げられていった。観覧車のあちこちで火花が散り、ライトが消える。そうして、ワイヤーに持っていかれた滑車は、観覧車のゴンドラの一つに引っ掛かった。そこで止まってくれれば良かったのだろうが、もちろんそんな都合のいいことは起こらない。滑車がゴンドラに引っ掛かると、今度はワイヤーの力が観覧車の外輪に加わり、止まっていたはずのゴンドラがゆっくりと動き始めた。

「やばいっ」

「回ってる！」

譲と太志が駆け出し、観覧車乗り場に向かった。

「行くなっ！　回っちゃだめだ！」

「くそおおおっ！」

動くゴンドラのドアに手をかけ、二人が必死に止めようとする。しかし、

「うわああっ！」

「太志いいいっ！」

逆に、二人の方がずるずるとゴンドラに引きずられた。体を持っていかれた太志が観覧車乗り場の手すりから落下しそうになる。それを、ゴンドラから手を放した譲が大慌てで抱き止めた。

あとはもうどうすることもできなかった。

観覧車がさらに回る。

ギギィ、という大きな音だけが嵐の中で響き渡った。

10　戻れなくても

雨も風も波も強すぎる。

向こうにある観覧車側で何が起こっているのか。太志たちが何を叫んでいるのか。

俺には見ることも聞くこともできなかった。

ただ、結果だけははっきりしていた。

こっちの煙突と結んだワイヤーの先にある観覧車。

その観覧車のゴンドラがゆっくりと動き始めた。

回転する観覧車から送りだされるようにしてワイヤーが伸びる。団地と観覧車の距離が開き、一度は浮き上がったはずの団地がまた海に沈んだ。

そして、俺にもそれだけは見えた。

ぐるぐると回るゴンドラ。その中の一つが頂点を越えて、ある高さまで降りてきた。

ゴンドラの天井部分と観覧車の鉄骨の間に、何か丸い円盤のようなものが引っ掛かっている。観覧車と団地を結ぶワイヤーはそこから伸びている。

あれって、もしかして……俺たちがワイヤーを結びつけた滑車か⁉

あんなに頑丈そうな土台と滑車だったのに、それでも団地の重みには耐えられなかったのか。

けど、まずい。

あんな状態のまま、ワイヤーがさらに引っ張られたら――。

「っ！」

考えるより先に、俺の予想通りの出来事が起きた。

回っていた観覧車のゴンドラが突然動きを止めた。

ワイヤーが限界まで伸びきってしまったんだ。滑車の引っ掛かったゴンドラが、団地に一番近い位置に来たせいで。

「うわっ！」

ずるずると観覧車から離れていこうとしていた団地が、また観覧車側に引っ張られた。団地の上にいた俺たちにとっては、後ろに向かって動いていた足元の地面が、突然、前に動かされたみたいなもんだ。はずみで俺も夏芽ものっぽも背後にひっくり返ってしまう。でも、問題はそんなことじゃない。

伸びきったワイヤーは、それでもほんの数秒、団地の重みに耐えていた。

けれど、そこへ荒れ狂う波が襲いかかる。高波で観覧車が大きく揺れ、当然、その激しい震動は観覧車のゴンドラにも伝わった。ぎりぎりとワイヤーが引き絞られる音。続けて、耐えきれなくなったように「ガキンッ！」とものすごい音がした。

ワイヤーと繋《つな》がっていた滑車が、観覧車の骨組みさえも破壊して、ゴンドラから外れた音だった。壊れた骨組みからゴンドラが落ちる。そして、滑車とワイヤーは、限界をこえて切れたゴムみたいに、俺たちのいる団地側へとんでもないスピードで飛んできた。

「わあっ！」

「ああっ！」

俺と夏芽はあわてて身を伏せた。そんな俺たちのすぐ近くで跳ねるワイヤーと滑車。

顔をあげてみると、すでに俺たちの「命綱」は失われていた。

「そんな……！」

団地と観覧車を繋ぐものはもう何もない。

荒れる波の先で、みるみるうちに観覧車が団地から遠ざかっていった。

※

団地全体が滝のような豪雨に包まれた。

波もまた、さらに高くなっている。

大しけってのは、こういう海の状態を言うんだろうか。団地の巨大な建物でさえ、まるで川に浮かべられた木の葉のように、波に翻弄《ほんろう》される。その団地の上にいる俺たちは、遊園地の絶叫アトラクションに、シートベルトなしで乗ってるみたいなもんだ。上に下に跳ねる団地から振り落とされないよう、死に物狂いで団地の屋上にへばりつくことしかできない。

空に雷鳴が轟《とどろ》いていた。

波が激しすぎるせいか、かえって、団地そのものはまだ完全に沈んでいなかった。自分の体に叩《たた》きつけられるのが雨なのか、波による水飛沫《みずしぶき》なのかさえ、もう分からない。踏ん張る手足が震える。そして、

「くっ……うっ、ああああっ！」

またしても波に突き上げられ、斜めに傾いた団地の屋上で、俺は強風にあおられた。踏ん張りきれず、ごろごろと屋上を転げ落ちる。その先に何もなければ、荒れ狂う海に向かって真っ逆さまだっただろう。ただ、転がる俺の体は一度、何かに引っ掛かった。

「うっ！」

胸を襲う衝撃と強い痛み。引っ掛かったのは屋上のアンテナだった。ただ、それで

も転がり落ちる俺の体が完全に止まることはない。引っ掛かったアンテナの上からもずるりと滑り落ちる。あわてて、俺はアンテナをつかもうとしたけれど、間に合わなかった。

——やばいっ。

腹の底からの恐怖が全身に広がった。

でも、その時、誰かが落下する俺の手をつかんだ。

「くっ、ううううっ！」

夏芽だった。

俺が滑り落ちたのを見て、転がるようにして後を追いかけてきたらしい。左手でアンテナをつかみ、逆の手で必死に俺のことを支えてくれている。

「ひっぱるよっ！」

そう叫ぶなり、夏芽は言葉通り俺のことを引き上げた。俺も体勢を立て直し、傾いた屋上を這《は》い上がる。それでなんとか、自分の手がアンテナに届いた。けれど、ホッとする余裕などまったくなかった。

「あっ！」

今度は夏芽の方がバランスを崩した。空に稲光が走り、その不吉な光が、驚きと恐怖に歪《ゆが》んだ夏芽の顔を照らし出す。

夏芽の手がアンテナから離れた。

「あああっ！」

「夏芽っ！」

伸ばした俺の手が夏芽の手首をつかんだ。アンテナに逆の腕を巻きつけ、俺は自分と夏芽の体重を支える。

「航祐っ！」

「待ってろぉっ！」

叫びながら、俺は夏芽のことを引っ張りあげようとした。

「いまあっ……うお！」

けれど、そこでアンテナに巻きつけていた俺の腕が水で滑った。また、ずるっと落ちそうになり、俺はアンテナを腕ではなく手のひらでつかむ。

「くそおっ、大丈夫か⁉」

「ううっ、大丈夫だって！」

俺の呼びかけに、夏芽が必死の声で応《こた》えた。

「こんなのっ……」

そして、言いながら、夏芽は足を踏ん張り、自分の力で斜めに傾いた屋上を登ってこようとした。でも、それがまずかった。無理に這い上がろうとして、かえって夏芽は足を滑らせた。そして、その動きに俺の方が耐えきれなかった。夏芽の手首をつかんでいた俺の手。元々、どっちも水で濡《ぬ》れていた状態だ。ずるっと滑り、俺の手は夏芽を放してしまう。

「あっ……あああああっ！」

その場に倒れた夏芽が悲鳴と一緒に屋上を滑り落ちた。

「はあっ！」

俺は一瞬も迷わなかった。

アンテナをつかんでいた手を放し、落ちていく夏芽に向かって飛びついた。

「航祐っ、ダメ！」

夏芽がそんなことを叫んでいるけど、聞かない。聞くわけがない。

夏芽の手を俺がもう一度つかみ直す。

そのまま俺も夏芽と一緒に落ちて――いかなかった。

腹這《はらば》いになった俺の右足を誰かが上から引っ張っていた。

首だけで振り返り、俺はその姿を瞳《ひとみ》に映す。

のっぽだ。

アンテナをまたぐようにして両足で挟みこみ、のっぽはひょろりと縦に長い体を懸命に伸ばしていた。俺の右の足首を、自分の左の手で握りしめている。

のっぽが叫んだ。

「夏芽をしっかりつかんで！」

「お、お前！」

　言われるまでもねえっ。

「夏芽！　ほら、そっちも！」

　俺は空いている方の手を、下にいる夏芽に向かって差し出した。

「また無茶して、一人で勝手に退場すんなよ！　俺がワントップになって、くやしがっても知らねえからなあっ！」

　こちらを見上げていた夏芽の口元が歪んだ。でも、あれは泣いてるわけじゃない。今の体勢と横から殴りつけてくる風のせいで、笑ったはずなのに、あんな顔になっちまったんだ。その証拠に、夏芽はこう叫び返してきた。

「航祐だけじゃ無理でしょ！」

　夏芽が右手を伸ばし、差し出した俺の手をつかんだ。

　俺はぐいとその手を引きながら、

「俺のアシストなしじゃ突破できねえくせに！」

「言ったなあっ！」

「いてて！」

こら。

確かに今の状態じゃ仕方ねえけど、俺の髪までつかんで、よじ登ろうとすんな！　のっぽが俺の足をさらに強い力で引っ張った。そのおかげで、俺と夏芽ものっぽのいるアンテナまで何とか這い上がることができた。

だが、その時だった。

空がまばゆく光り、腹の底まで響くような轟音《ごうおん》が辺りに響き渡った。雷の音だ。と同時に、今までとは比べ物にならないほどの大波が、団地の前方から襲いかかってきた。

「うわあああっ……！」

俺の叫び声は途中で途切れた。

大波が団地の建物全体を呑《の》みこんだからだ。数秒、自分の顔も体もゴボゴボと水に包まれる感触。夏芽やのっぽと、互いに抱きつくような体勢でアンテナにしがみついてなければ、そのまま波に押し流されて、海の底に引きずりこまれていたに違いない。

「……ぶはっ！」

一度は海水に包まれた団地が、再び海面に出た。いや、出たというより、荒れ狂う海の力によって押し出され、波の上で跳ねた。こんなことが本当に起こるのかってくらい、自分の目を疑いたくなるような光景だった。その一瞬、間違いなく団地の建物は宙に浮いていた。そして、次の瞬間、またしても押し寄せた大波の上に落ちる。波の上を疾走する。建物の両側で噴き上がる巨大な水飛沫《みずしぶき》。サーフィンのそれにも似ている。けれど、サーフィンと違うのは、団地は波の上にずっと乗っていることはできないってことだ。また、どんどん沈んでいる。

俺と夏芽は互いの肩を抱き、身を寄せ合った。その俺たちを上から守るようにして、のっぽが長い腕を伸ばし、俺と夏芽の背中を抱えていた。……自分の胸の鼓動が聞こえる。いや、これは密着した夏芽やのっぽの鼓動なんだろうか。

沈んでいく団地の先に目をやった後で、俺は夏芽の方を見た。

「大丈夫だって。なっ？」

気休めでしかなかった。そんなこと、俺だって分かってる。でも、だからって、こんな時、何を言えばいいんだ？　泣いたりわめいたりするくらいなら、気休めの方がいい。だって、今の俺たちにはもう、こうやって互いを支えることしかできないんだから。

夏芽がまた笑顔になったみたいだった。そして、こう言った。

「航祐こそ、びびってるでしょ？」

「え？　ちげえって、このやろ」

俺は自分の額を夏芽にぐりぐりと押し当てた。

　すると、夏芽も同じように額を押し返してきた。

「ふふふっ……」

「あはは、ははははっ……」

　どう考えても、こんな風に笑える場面じゃないはずだった。かといって、俺たち二人とも、恐怖のあまり頭がおかしくなったわけでもない。

　笑えたのは、そこにお互いがいたからだ。

　怖えよ、本当は。

　めちゃくちゃ怖い。今はこうして耐えてるけど、きっと俺たちはもう助からない。

　死ぬ——そのことが心の底から怖い。それでも笑える。

　夏芽がそこにいるから。

「夏芽、航祐……」

　頭の上から、のっぽの悲痛なつぶやきが聞こえた。

　そして、そのつぶやきが消えると同時に、団地は俺たちも含め、全てがまた巨大な波に呑みこまれた。

※

そこから先はもう、俺には何が起きているのか、まったく分からなかった。

最初に海に沈んだ時よりも、より深く海中へ引きずりこまれた団地。

「！」

そして、海の中で、俺は前にも見たあれを見た。

黒いもやだ。珠理を助けようとして夏芽が海に落ちた時、海中で様々なものを食らっていた、あのもや。

沈む団地に吸いついてきて、そして、俺や夏芽の体にもまとわりついてくる。本能的に恐怖を感じて、俺はもやを振り払おうとした。けど、うまくいかない。それどころか、まとわりついた黒いもやから、俺は強く自分の体を引っ張られた。絶対に自然現象じゃない。黒いもや、それ自体が意思を持っているかのように、俺を呑みこもうとしている。抵抗できない。怖くて体が震える。そのまま、俺は抱き合っていた夏芽とも引き離されそうになった。互いに強く握ったはずなのに、ちぎれるようにして離れる俺と夏芽の手。

けれど、そこで、誰かが俺と夏芽の手を同時につかんだ。

のっぽだった。

ただ、そうやって、のっぽが助けてくれても、黒いもやの侵食は止まらない。あっという間に、全身を覆い尽くし、俺の視界が黒く閉ざされる。息が苦しい。身動きができない。体温さえ、徐々に下がっていく。

これが死ぬってことなのか……。

何も見えなくなった世界。

俺は絶望のつぶやきを胸の内だけで漏らした。

だけど、そんな時だ。

誰かの声を聞いたように感じたのは——。

あるわけがない。大体、今は海に引きずりこまれてるんだ。自分の声ならまだしも、他人の声が聞こえるはずがない。

しかし、それでもやっぱり声が、いや、言葉が脳に届いたような気がした。気のせいだったのか。俺自身が混乱していただけなのか。あるいはそれは、耳を通して聞いた言葉ではなかったのかもしれない。

——僕がこの子たちを引き止めたから——。

——こんなことになってしまったんだ——。

——もう、あのころに戻れなくたっていい——。
——僕なんてどうなったっていい——。
——だけど、この子たちは——。
——夏芽と航祐は生きてるんだ——。
——生きて——。

「笑っていて、ほしいんだっ！」

※

「っ⁉」
突然、黒いもやが晴れた。
いや、晴れたっていうより、何かに振り払われて、もやが退《ひ》いたようにも見えた。
そして、その何かは、すぐに俺の目にも飛びこんできた。
青い光だった。
これまでに何度も見た、あの青い光。
その光があっという間に俺の体を包みこみ、もやを振り払った。いいや、俺だけじゃない。俺の手をつかんでいたのっぽ。そののっぽの逆の手が支えていた夏芽。もっと言えば、団地の全てにまとわりついていた黒いもやが、海上の方角からどっと流れこんできた青い光を恐れるように、退いていく。

　そうして、黒いもやのほとんどが団地から離れると、今度は団地が青い光に押されでもしたかのように、海中で浮上を始めた。

　ぐんぐん浮かんでいく団地。その先をまた黒いもやが覆い尽くそうとする。けれど、そんなもやも、あの青い光が突き破る。

　もやが完全に晴れると、団地の浮上スピードがさらに上がった。俺たちの周囲で乱舞する青い光。もう海の中にいるのか光の中にいるのか、分からなくなるほどだ。

　そして、その時、誰かが自分の頭を撫《な》でたような感触を、俺は覚えた。

　最初は位置的にのっぽかと思った。でも、のっぽじゃない。俺は後ろを振り向く。傍にいる夏芽も振り向いていた。その誰かは夏芽の頭も撫でたらしい。俺たちは目をこらす。でも、結局、誰なのか分からなかった。青い光の中で、ぼんやりと立っているようにも見えた影。懐かしい人のような気がしたけれど、顔ははっきりと見えない。俺たちの傍にいてくれたのはほんの数秒で、ふっと青い光の向こうへ消えていく。

　その間にも、団地の方はさらに浮上を続けていた。

　青い光の中をすさまじい勢いで突き進む団地。

しかも、光の中にはたくさんの建物が見えた。

こっちの団地と同じような、古ぼけた団地。ぼろぼろの体育館、デパート、ビル。海を遊泳する魚のように、大量の建物が前から現れては、後ろに消えていく。

団地の浮上する先に、また光が生まれた。

ただし、今度はあの青い光じゃない。朝陽にも似た、まばゆい光。

団地はぐんぐんその光に向かって接近していき、やがて、光をも突き破った。そして、「ザパンッ」と水が弾《はじ》けるような音が俺の鼓膜を震わせた。

その音と共に俺の目の前に広がったのは、一面の青。

――空みたいだ。

まぶしさに俺は思わず目をつぶった。

※

ふと気づくと、頰をそよ風が撫でていた。

隣にいる夏芽と肩を寄せ合い、まぶたを閉じていた俺は、おそるおそる目を開いた。

まず最初に見えたのは、夏芽の顔だった。続いて、のっぽの顔。こっちは俺たちを包みこむようにして、長い手を俺と夏芽の背中に回している。

生きてる。

俺も夏芽も、のっぽも。

それはいいんだけど、

「どこだ？　ここ……」

今度は周囲に目をやって、俺はつぶやいた。

団地はもう海に沈んでいなかった。

というか、さっきまで大荒れだった海が全然荒れていない。しんと凪《な》いでいる。しかも、いつの間にか、浸水すら止まったのか、団地の建物はゆったりとその海の上を漂流している。

さらに言えば、辺りがぼんやりと明るかった。白く霧がかかっている。けど、そもそも、霧の白さが分かるのがおかしい。ほんのちょっと前まで夜だったんだから。いつの間にそんなに時間が経ったんだ？　あの大雨や雷はどこにいった？

「嵐がやんでる……」

夏芽もまたつぶやいて、団地の周りを見回していた。

まさか、生きてるって思ったのは勘違いで、俺たち全員、死後の世界に来たりしてないだろうな？

俺は自分の体に意識を向けてみた。

正直に言うと、あちこち痛い。傾いた屋上から転げ落ちそうになった時にぶつけた脛《すね》とか胸とか。あと、観覧車から団地の屋上に渡ってきた時、夏芽にひっぱたかれた頬も。

これ、夢でも死後の世界でもないぞ、絶対。

てことは、

「俺たち、助かったの……？」

俺は自分の頭より高い位置にあるのっぽの顔を見上げた。

のっぽは微笑みを浮かべていた。「ん」と俺に向かって小さくうなずく。

それで、俺にも一気に実感が押し寄せてきた。夏芽も同じだったらしい。

——何がどうなったのか、さっぱり分かんないけど。

とにかく、助かったんだっ！

俺と夏芽は二人して顔を見合わせると、互いに抱きついて、喜びを爆発させた。

「わあああああっ！」

「やったあああっ！」

最初は笑い声だったけど、俺と夏芽の声にはそのうち涙もまじってきた。

「うぅ、良かった……マジで、怖かったあああ」

「かっこつけてたくせに……やっぱり、航祐のビビりぃ。う、うぅ……」

「うっせえよぉ……」

辺りには相変わらず白い霧がただよっている。

ただ、団地が海を進むにつれて、霧はゆっくりと晴れていった。

そして、霧の先に姿を現したものを見て、俺も夏芽も涙で潤んでいた目を大きく開いた。

「島だ」

晴れた霧の先に現れたのは、大きな島だった。ただし、そこには俺や夏芽にとって見慣れた給水塔や、新しい団地の建物なんかはない。嵐の前、団地の進む先にある陸地には、確かにそれが見えたはずなんだけど。

「俺たちの街じゃなかったんだ」

「うん……」

俺の言葉に夏芽がうなずいた時、今度はまったく別の方角から別の声がした。

「おーいっ！」

ハッとして、俺も夏芽も声のした方向を振り返った。

海を進む団地の少し後ろだった。

巨大な観覧車がこちらもゆっくりと海上を移動している。

「こーすけええっ！」

「夏芽ちゃあああん！」

「熊谷ああああっ」

そして、観覧車のあちこちに見える譲や太志、珠理、令依菜の姿。

あいつらも無事だったんだ。

良かった……。

本当に良かった！

interlude 6　観覧車にて

子どもたちが観覧車を去っていく。

一人、観覧車側に残り、少女は穏やかな笑みを浮かべて、彼らの背中を見送っていた。

観覧車に横づけしていた、子どもたちのイカダ。

最初に太志と譲の二人がイカダに乗り込む。次に珠理。

最後に令依菜が続こうとしたが、その足がふと止まった。

背後を振り返り、令依菜はそこにある観覧車を名残惜しそうに見上げた。

そうしてから、令依菜は普段とは少し違う、おずおずした態度で少女に声をかけてきた。

「あの」

「なあに？」

「八島《やしま》は……パパに初めて連れてきてもらった遊園地なの。この観覧車も、何度も何度も乗った……」

「うん」

「大好きだったの」

「うん」

少女が優しくうなずくと、令依菜もうれしそうに微笑んだ。

そんな令依菜の背後から、先にイカダに乗りこんでいた珠理と譲が呼びかけてくる。

「令依菜ちゃん」

「令依菜。もう、そろそろ」

二人とも無理に急《せ》かすような声ではない。ただ、あまり時間がないのは確かだ。観覧車は海の上を動き続けていて、彼らが戻る団地から離れようとしている。

「うん……でも」

令依菜がそれでもためらうようにつぶやいた。

そんな令依菜に向かって、少女はこう言った。

「あなた、本当にパパっ子で、甘えんぼさんだったけれど」

「え」

「よく頑張ったわね」

一瞬驚いた顔をした令依菜の瞳《ひとみ》に、今度は涙が浮かんだ。少女の言葉が本当にうれしかった――そんな風に言いたげな涙。

少女の顔を正面から見て、令依菜はうなずく。

「うん……私、頑張ったよ」

「さあ、もう行かなきゃ」

「うん……」

少女に促されて、令依菜がようやく動いた。珠理たちのいるイカダに乗りこむ。

太志と譲がオール代わりの板をこぐと、イカダは団地の方向へ進み始めた。

イカダに乗りこんだ令依菜が観覧車側に立つ少女を振り返った。

少女もまた令依菜の姿を自分の瞳に映し、そして、最後にこう言った。

「いっぱい遊んでくれて……愛してくれて、ありがとう」

そんな言葉を口にした少女の瞳にも、令依菜と同じように涙が浮かぶ。

イカダから身を乗り出し、令依菜が叫んだ。

「ありがとう！　ありがとおおっ！」

譲や珠理たちも手を振っていた。

「ありがとおっ」

「さようならあっ」

離れていくイカダ。そして、団地。

小さくなっていく子どもたちの姿を、観覧車の少女はいつまでもいつまでも見送っていた。

11　帰る場所

「良かったよぉっ」

「こおすけえっ」

譲や太志と無事を喜びあったり。

「まったく、あんたのおかげでひどい目にあったわ。あんな無茶して、こんのおっ！」

「いいからいいから」

夏芽に対してぷりぷり怒っている令依菜をなだめたり。

「ごめんよ」

謝るのっぽに、もうそれはいい、と伝えたり。

そんなことを俺たちがやっている間に、団地が島に近づいていた。

辺りはうっすらと明るかったけれど、太陽はまだ顔をのぞかせていなかった。夜と朝が入り混じったような空。空気は澄んでいて、そのせいか、視界に映るものが何もかもくっきりと見える。

「すっげえ……」

団地の屋上からその光景を目にした譲と太志が、ほぼ同時に感動したような声をあげ、令依菜も「きれい」とつぶやいた。

団地が近づいた島のあちこちには、ぽつぽつと光が灯《とも》っていた。虹《にじ》のように色鮮やかで、それでいて、蛍のそれのように瞬く幻想的な光。まるで、島全体に宝石がちりばめられてるみたいだ。ただ、それでいて、島のあちこちには、ひどく古い建物がいくつも建ち並んでいる。いや、あれは「建ち並んでいる」って言い方は正しくないかもな。なんとなくだけど、あちこちから流れついた建物が、そこら中に転がっていて、その建物もまた島の一部になっているように見える。

そして、建物と建物の間には、小さな影が動いていた。

「人がいるぞ！」

「ほんとだっ。おおおい！」

太志と譲が屋上から手を振ると、その影は立ち止まり、こちらを振り仰いだようだった。

「あ、こっち見た。降りてみよう！」

「ああ！」

「私もっ」

太志や譲だけじゃなく、令依菜もその場から駆けだした。けれど、

「だめ」

のっぽが静かな声で三人のことを制止した。

「ここから先は、僕しか行けない」

いぶかしげに振り返った三人に向かって、のっぽがそう告げる。

「え？　だって、みんな降りてるじゃん」

「なんで？」

太志と譲が島の方を指差してたずねると、のっぽは「分かったんだ」と言いながら、同じ方向を見下ろした。

島の建物と建物の間にはやっぱり人影があって、しかも、こっちに向かって手を振っていた。一人じゃない。何人もいる。そして、人影はどれも小さかった。大人には見えない。俺たちとそう歳の変わらない子どもなんじゃないだろうか。

「僕とあの子たちは一緒だよ」

と、のっぽが言葉を重ねた。

「ここは僕らが帰る場所なんだ。僕らと来れば、君たちは戻れなくなる。だから、一緒には行けないんだ」

そう言ってから、のっぽはまた俺たちの方を見た。

「ごめんよ」

相変わらず、のっぽの言葉は端々が意味不明だ。

けど、それでも俺たちは何も言い返せなくなってしまった。

理屈じゃない。

多分、のっぽの言ってることが正しいって、俺だけじゃなく、みんなも肌で感じたんだと思う。

よく見れば、のっぽの体は変色し、苔《こけ》の生えた部分がさらに増えていた。まるで、古くなった建物の劣化が進んで、今にも朽ち果てそうになってるみたいに。

太志や令依菜たちが口をつぐんで下を向いている。

俺は自分のすぐ横にいた夏芽の方を振り返った。

嵐になる前、夏芽はのっぽに別れを告げられても、それを拒んで団地に残った。もしかしたら、今度も——そう思ったんだ。

夏芽は太志たちと同じように、うつむいていた。

のっぽがそんな夏芽のところに近づいてきて、目の前に立つ。それでも夏芽は足元を見たままだ。

「夏芽……」

俺が横から呼びかけると、やっと夏芽が頭を上げた。

その顔に浮かぶ表情は嵐の前とは違っていた。

口元には笑みさえ浮かべて、

「お別れだね」

夏芽はきっぱりとした口調で、のっぽにそう言った。

「お前——」

俺はそんな夏芽の横顔から、視線を下に向けた。

夏芽はぎゅっと拳《こぶし》をにぎっていた。顔の表情とは裏腹に、その手は何かをこらえるように、かすかに震えている。

「大丈夫か？」

俺は口に出してたずねた。

すると、夏芽は「え？」と初めて俺の方を振り返った。こっちに向いた夏芽の瞳《ひとみ》。やっぱり顔に浮かんだ笑みとは違って、ちょっと潤んでいる。

「な……泣き虫だなあ」

俺はわざと茶化すような口調で夏芽にそう言った。

すると、夏芽はハッとしたみたいにまばたきをして、目元を手でごしごしとこすった。

「お前、帰れるかって、ビビってんだろ」

俺は夏芽の涙から目をそらした。

「大丈夫だって、バカ」

「ああっ？　違うって！」

今度は夏芽が怒ったように声を高くした。いや、それだけじゃなく、夏芽は俺の頭をつかんで髪をかき乱すと、

「泣いてないし！　人がせっかく頑張って――」

「だあっ、また！」

俺は夏芽の手を振り払おうとしながら、逆に自分からも夏芽の頭に手を伸ばした。

「かゆいんだよ！」

「こっちだって！　お風呂《ふろ》入ってないんだからね！」

「そうだよっ。お前、臭《くせ》えんだよ！」

「ひどい！　そっちだって！」

「うるせえっ」

言い争いながら、俺たちは互いの髪をわしゃわしゃとかき回し続ける。

すると、不意に横から「ははは！」と愉快そうな笑い声がわき起こった。

のっぽが大笑いしていた。

初めて見たかもしれない。

そうして、のっぽは俺たちのことを左右の手で抱き寄せた。

「もう夏芽は大丈夫だよね？　航祐」

「ちょっと〜。のっぽくんまで――」

夏芽が口を尖《とが》らせて言い返そうとした時だ。

何かが俺の目の前を横切った。

光の筋だった。

宙を漂う、あの青い光の筋。よく見れば、俺の前だけじゃない。光の筋は縦横に走り、団地の屋上全体を包みこんでいる。俺たちの背後にいた令依菜や珠理が驚きの声をあげた。

「なになにっ？」

「この光って、あの時の！」

「心配しないで」

のっぽが俺と夏芽の背中に手を置いたまま、全員に向かってそう言った。

「この子たちが、君たちを連れていってくれるよ」

「この子たち？」

俺と夏芽が声を合わせて問いかけると、のっぽはまた、にこりと笑った。うれしそうな笑顔。でも、俺の瞳にそれが映ったのは一瞬だった。突然、のっぽは俺たちから手を放すと、駆け出した。屋上の縁まで行き、そこからためらいもなく飛び降りる。

あわてて夏芽と俺はのっぽの後を追い、屋上から下をのぞきこんだ。そこにもまた青い光の筋が見えた。団地全体を光が取り囲んでいる。その光が輝きを増したかと思うと、団地の建物が何の前触れもなく、すっと横に滑った。

「うわっ」

「動いてる！」

譲の言葉通り、一度は島に接近して、ほとんど停泊していた団地がまた動き始めた。青い光に誘われるようにして向きを変える。島から離れようとしているみたいだった。

そして、その団地から飛び降りたのっぽはというと、島の浅瀬を跳ねるように走っていた。あの高さから落ちたはずなのに怪我もしてない。そのうち、浅瀬から植物が生い茂る陸に駆け上がる。

「のっぽくん！」

島から離れていく団地の後方に夏芽が走った。俺や太志たちも続いた。

のっぽはこっちを向いていた。あの観覧車の女の子と同じように、笑みを浮かべて俺たちのことを見送っている。

自然と俺たち全員の手が上がった。

分かったからだ。

「のっぽくん！」

これでお別れだって。

「じゃあなあっ、のっぽおおおっ！」

「ぜってえ、元気でなああっ！」

太志と譲が大きく手を振った。

「さようならああっ、のっぽくううん！」

珠理も背伸びして手を振る。その隣にいる令依菜もだ。

のっぽもまた、こっちに向かって手を振っていた。

そんなのっぽに向かって、夏芽が叫んだ。

「私は大丈夫だって！　航祐と一緒に頑張るから！」

のっぽがうれしそうに目を細めた。

と、次の瞬間、不意に俺たちの体が持ち上げられた。

いや、正確に言うと、持ち上げられたのは俺たちの足の下にある団地のようだった。

海上を滑るようにして進んでいた団地。それがゆっくりと空に向かって浮き始めたのだ。まるで、水上飛行艇が離水するみたいに。

宙に浮いた団地には、あの青い光が支えるようにして寄り添っている。

——そうか。

あの嵐の後、なんで団地が海に沈まなくなったのか、不思議だったけど。

やっと分かった。

きっと、あの光が俺たちを運んでくれたんだ。


宙に浮いた団地が今や海の上じゃなく、空の上を進み続ける。

もう島は遠く離れていた。

辺りに見えるのは、夜明け前の空と白い雲。その下に広がる大海原。団地の建物は空の雲さえ飛び越えていた。

俺と夏芽は団地の屋上に並んで座り、のっぽの姿と一緒に消えた島の方角の空を眺めていた。

やがて、夏芽がぽつりとつぶやく。

「本当に帰っちゃうんだね」

「夏芽……」

俺が口を開いて、夏芽の方を向いた時、まばゆい光が瞳を刺した。

太陽の光だ。

夜が明けようとしている。

水平線に姿を現した太陽は、その光で世界の全てを輝かせた。海が真っ青に染まり、雲はいっそう、その白さを増す。目に見えるもの全部に生気がよみがえったみたいだ。

「きれい……」

夏芽がまたつぶやいた。

そして、そのつぶやきに反応したように、まばゆい世界の中で、あの青い光が俺たちの頬を撫《な》でた。

——声が聞こえる。

「ははは」

「あははは」

子どもの笑い声だった。一瞬、離れたところにいる太志たちかと思った。でも、違った。

それは夏芽と俺の笑い声だった。

ただし、今の俺たちの声じゃない。

もっと小さいころの笑い声。

この団地で、じいちゃんと一緒に笑って、泣いて過ごしていたころの——。

幼い俺たちの声にかぶせるようにして、今度は大人たちの声も聞こえてくる。これは俺の父さん、母さん、そして、夏芽のお母さんの声だ。

ふと足元を見れば、俺たちの今いる団地が、その形を失おうとしていた。

まばゆい朝日の中で、まるで砂の城が水に流されるように、さらさらと団地の建物が崩れていく。宙を舞う細かい団地の欠片《かけら》。不思議と恐怖は感じなかった。のっぽは、あの青い光が俺たちを連れていってくれると言っていた。そして、崩壊する団地から青い光は消えていない。なら、きっと大丈夫だ。それに、たくさんの笑い声は崩れた団地の欠片から聞こえてくる。まるで、欠片に宿った思い出が俺たちに懐かしい声を届けているみたいに。

そうして、最後にはその笑い声も俺の耳に聞こえた。

「航祐、夏芽、わはははは」

誰の声なのか、俺に分からないはずがなかった。もちろん、夏芽にも。

「安じい……」

「じいちゃん……」

温かな笑い声は、団地の欠片が空の向こうに離れていくにつれ、遠ざかっていく。

俺と夏芽は自然にお互いの手を握っていた。

「一緒に帰ろう、航祐」

「ああ。夏芽」

夏芽の言葉に俺がうなずいた時、俺たちの視界は完全にあの青い光に覆われ、何も見えなくなった。

※

そして、俺たちはまた団地の屋上にいた。

ただ、そこはもう空の上じゃない。団地を取り囲む大海原もない。

まぶしい日の光は変わらなかった。あれから何日が経ったのか？　それとも最初に夏芽が言っていたように、時間は経ってないのか？　スマホの電池が切れていて、今は確認のしようがない。でも、すぐに分かるだろう。なぜなら、屋上からは懐かしい給水塔が見えたからだ。古い団地だけじゃなく、新しい団地もそこにあった。俺たちが住む、当たり前の街の風景。

戻ってきたんだ――。

屋上からはしごと階段を伝って一階に下り、俺たちは団地の外に出た。

一度だけ、俺と夏芽は自分の後ろにある１１２号棟を振り返った。

他の古い団地と同じように、静かにたたずむ１１２号棟。

「バイバイ」

夏芽がそんな声を投げかけ、俺たちはずっと自分たちの家だったその場所をあとにした。

epilogue

六十年くらい前。

この団地、鴨の宮団地はできた。

オバケ団地って言われたりするけど。

これでも家《うち》だ。

俺と夏芽の、大切な我が家だった——。

あれだけ一緒に過ごしたのに、俺は夏芽にひどいことを言った。結局、ごめんって謝れなかった。じいちゃんにも言われてたのに……ごめん。

こっちに戻ってきてからは、全部、今まで通り。俺たちはごく当たり前の夏休みを過ごしている。サッカーの試合をやったり、夏芽と一緒に夏祭りに出かけたり。

あの時のことは、今もちゃんと説明できてない。うやむや。みんな、夏芽の言う通り、夢だったのかもって。

でも、やっぱり違う。

あの団地であったことは本当なんだ。今みたいに夏芽と話せてるのは、あんなことがあったからなんだ。

じいちゃん。

俺たちの家は、すげえ家だったんだよ。

だから、夏芽とも――。

※

「写真？」

「ああ。ほら」

そう言って、俺は夏芽の隣で紙袋の中からそれを引っ張りだした。

場所は俺ん家《ち》のベランダ。今日は夏芽と夏芽のお母さんがうちに来て、一緒に晩ご飯を食べたんだ。

ベランダで俺が袋から取り出したのは、何枚かの写真だった。

写真には俺や夏芽、それに太志たちも写っている。ただ、これ、学校や公園で撮った写真じゃない。

団地で撮った写真だった。

それも、今俺たちがいる新しい団地じゃなく、古い団地だ。団地の向こうには海が見える。俺たちが漂流していた、あの不思議な海が。

俺は夏芽に写真を渡すと、手に持っていたカメラをベランダの手すりの上に置いた。

じいちゃんが残してくれたフィルムカメラ。

種明かしをすれば、そんなに難しい話じゃない。

このカメラも、あの時、俺たちと一緒にあそこへ行ってたからな。

海を漂流していた時、カメラの中に残ってたフィルムで何枚か写真を撮った。そんだけの話。

写真には、あそこにいた時の俺たちの姿がちゃんと写っている。

ただ、一人だけ、まともに写ってないやつもいる。

のっぽだ。

写真の中で、一番奥にいたのっぽはピンボケしていて、表情がよく見えない。

「…………」

夏芽は手にした写真をじっと見つめていた。

言葉はない。けれど、その顔は暗くなかった。むしろ穏やかな表情を浮かべて、夏芽は写真に視線を落としている。

俺はそんな夏芽の横顔をちらりと見てから、

「ありがとな」

と、小声で言った。

別に夏芽に聞こえなくても構わなかった。ただ、夏芽の耳にはちゃんと届いてしまったらしい。

「え？」

とつぶやいてから、今度は夏芽がにんまりと、からかうような笑みを浮かべた。

「航祐のくせに、それ、私に言ってるの？」

あのな。

けど、俺が言い返そうとした時、突然、俺たちの背後から「ふふ」って含み笑いが聞こえた。母さんだ。部屋のカーテンの陰に隠れて、ベランダにいる俺と夏芽のことを、こっそり盗み見してたらしい。趣味悪すぎ。俺たちはあわてて手に持っていた写真を隠そうとする。けれど、その拍子に俺の肘《ひじ》が手すりの上に置いていたカメラに当たり、ベランダからカメラが落っこちた。

「ああっ！」

「うああああっ！」

手を伸ばすと、なんとか落ちる途中でカメラをつかむことができた。ベランダから思いっきり身を乗り出したせいで、肋骨《ろっこつ》を手すりにぶつけたあげく、俺まで下に落ちそうになったけど。

「いてて……」

「ふぅ……」

「ああ〜もう、びっくりした。あんたたち、大丈夫なの？」

母さんはそう言うけど、びっくりしたのはこっちだ。

俺と夏芽は互いの顔を見合わせる。

ほとんど同時に吹き出してしまった。

本書は書き下ろしです。

雨《あめ》を告《つ》げる漂流団地《ひょうりゅうだんち》

ノベライズ／岩佐《いわさ》まもる

原作／石田祐康《いしだひろやす》　コロリド・ツインエンジンパートナーズ

令和4年 8月25日　初版発行

発行者●堀内大示

発行●株式会社KADOKAWA
〒102-8177　東京都千代田区富士見2-13-3
電話　0570-002-301（ナビダイヤル）

角川文庫 23286

印刷所●株式会社暁印刷
製本所●本間製本株式会社

表紙画●和田三造

ISBN 978-4-04-112818-3　C0193

◇◇◇

角川文庫発刊に際して

角川源義

第二次世界大戦の敗北は、軍事力の敗北であった以上に、私たちの若い文化力の敗退であった。私たちの文化が戦争に対して如何に無力であり、単なるあだ花に過ぎなかったかを、私たちは身を以て体験し痛感した。西洋近代文化の摂取にとって、明治以後八十年の歳月は決して短かすぎたとは言えない。にもかかわらず、近代文化の伝統を確立し、自由な批判と柔軟な良識に富む文化層として自らを形成することに私たちは失敗して来た。そしてこれは、各層への文化の普及滲透を任務とする出版人の責任でもあった。

一九四五年以来、私たちは再び振出しに戻り、第一歩から踏み出すことを余儀なくされた。これは大きな不幸ではあるが、反面、これまでの混沌・未熟・歪曲の中にあった我が国の文化に秩序と確たる基礎を齎らすためには絶好の機会でもある。角川書店は、このような祖国の文化的危機にあたり、微力をも顧みず再建の礎石たるべき抱負と決意とをもって出発したが、ここに創立以来の念願を果すべく角川文庫を発刊する。これまで刊行されたあらゆる全集叢書文庫類の長所と短所とを検討し、古今東西の不朽の典籍を、良心的編集のもとに、廉価に、そして書架にふさわしい美本として、多くのひとびとに提供しようとする。しかし私たちは徒らに百科全書的な知識のジレッタントを作ることを目的とせず、あくまで祖国の文化に秩序と再建への道を示し、この文庫を角川書店の栄ある事業として、今後永久に継続発展せしめ、学芸と教養との殿堂として大成せんことを期したい。多くの読書子の愛情ある忠言と支持とによって、この希望と抱負とを完遂せしめられんことを願う。

一九四九年五月三日

角川文庫ベストセラー

泣きたい私は猫をかぶる

ノベライズ／岩佐まもる
協力／「泣きたい私は猫をかぶる」製作委員会

中学2年生の笹木美代は、クラスメイトの日之出に熱烈な思いを寄せていた。時に空気を読まない言動から「ムゲ（無限大謎人間）」という綽名で呼ばれる美代には、誰にも言えない大きな秘密があって……。

ペンギン・ハイウェイ

森見登美彦

小学4年生のぼくが住む郊外の町に突然ペンギンたちが現れた。この事件に歯科医院のお姉さんが関わっていることを知ったぼくは、その謎を研究することにした。未知と出会うことの驚きに満ちた長編小説。

四畳半神話大系

森見登美彦

私は冴えない大学3回生。バラ色のキャンパスライフを想像していたのに、現実はほど遠い。できれば1回生に戻ってやり直したい！　4つの並行世界で繰り広げられる、おかしくもほろ苦い青春ストーリー。

夜は短し歩けよ乙女

森見登美彦

黒髪の乙女にひそかに想いを寄せる先輩は、京都のいたるところで彼女の姿を追い求めた。二人を待ち受ける珍事件の数々、そして運命の大転回。山本周五郎賞受賞、本屋大賞2位、恋愛ファンタジーの大傑作！

新釈　走れメロス　他四篇

森見登美彦

芽野史郎は全力で京都を疾走した——。無二の親友との約束を守「らない」ために！　表題作他、近代文学の傑作四篇が、全く違う魅力で現代京都で生まれ変わる！　滑稽の頂点をきわめた、歴史的短篇集！

角川文庫ベストセラー

あの日見た花の名前を僕達はまだ知らない。(上)(下)　岡田麿里

高校生の今はばらばらの幼なじみたちは、とつぜん帰ってきた少女〝めんま〟の願いを叶えるために再び集まることに……大反響アニメを、脚本の岡田麿里みずから小説化。小説オリジナル・エピソードも満載。

小説 空の青さを知る人よ　著／額賀 澪　原作／超平和バスターズ

これは、過去と現在をつなぐ、せつなくてふしぎな〝2度目の初恋〟の物語——。山間の街に住む高校生・あおい。ある日突然、姉・あかねの昔の恋人・しんのが、13年前の過去から時を超えて現れて……。

小説 天気の子　新海 誠

新海誠監督のアニメーション映画『天気の子』は、天候の調和が狂っていく時代に、運命に翻弄される少年と少女がみずからの生き方を「選択」する物語。監督みずから執筆した原作小説。

サマーウォーズ　著／岩井恭平　原作／細田 守

数学しか取り柄がない高校生の健二は、憧れの先輩・夏希に、婚約者のふりをするバイトを依頼される。一緒に向かった先輩の実家は田舎の大家族で⁉新しい家族の絆を描く熱くてやさしい夏の物語。

竜とそばかすの姫　細田 守

「歌」の才能を持ちながらも、現実世界で心を閉ざしていた17歳の女子高生・すず。超巨大仮想空間『U』で絶世の歌姫・ベルとして注目されていく中、「竜」と呼ばれ恐れられている謎の存在と出逢う——。